HOY SOMOS VIAJEROS EN EL TIEMPO

GONA89

HOY SOMOS VIAJEROS EN EL TIEMPO

Una historia protagonizada por ti

mr

Ediciones Martínez Roca, sello editorial de Editorial Planeta, S. A.
Avda. Diagonal, 662-664, 08034 Barcelona
www.planetadelibros.com

Diseño de la cubierta: Departamento de Arte y Diseño
Imágenes de cubierta e interior: © Juanan Pascual, Toni Pascual y José Manuel Giménez
Fotografía de contracubierta: cortesía del autor
Diseño de interior: Rudesindo de la Fuente

Primera edición: octubre de 2017
ISBN: 978-84-270-4379-47
Depósito legal: B. 19.580-2017
Preimpresion: Safekat, S. L.
Impresión: Black Print
Printed in Spain - Impreso en España

El papel utilizado para la impresión de este libro es cien por cien libre de cloro y está calificado como **papel ecológico.**

Siempre he disfrutado de las historias sobre viajes en el tiempo. En esta segunda aventura lo haremos juntos.

Esto es para vosotros.

¡Disfrutadlo!

ÍNDICE

1

LA LLEGADA

Tras el largo día de idas y venidas, que si ahora limpio un poco por aquí, que si dedico un rato al último videojuego, otro rato a ese que no es el último pero que me encanta, que si me hago la merienda..., estás cansadísimo. Irte a la cama ha sido lo mejor que podías hacer. No la veías desde, por lo menos, doce horas antes, y encontrarla tan mullidita te llena de alegría. Menos mal que ya es hora de abrazarte a tu almohada y de soñar con cosas bonitas.

Con el pijama de rayas azules y blancas que te has puesto en un periquete, retiras el edredón para acurrucarte, pero antes de meterte entre las sábanas echas un vistazo al teléfono que, sin darte cuenta, habías dejado en la mesita junto al cabecero y que habías tenido en silencio durante todo el día. «Ya decía yo que nadie me llamaba. Jolín, cuarenta y dos mensajes, tres notificaciones, siete correos electrónicos y... ¡rayos! ¡Cuatro llamadas perdidas!», piensas con agobio durante unos segundos. Justo entonces, cuando ibas a enterarte de todo lo que había pasado mientras estabas a otras cosas, te quedas sin batería y en la pantalla, ya ennegrecida, se dibuja la silueta de un cargador y un rayo, que al momento desaparece.

«¡Venga ya! ¡Si no lo he utilizado en todo el día!». Te enfadas y buscas el cable, que se ha colado entre la mesilla de noche y la cama. Por si fuera poco tienes que retorcerte para alcanzar el extremo y, al tirar de él para enchufar el teléfono, una parte se desconecta del enchufe. Te cabreas todavía más.

«¡Vaya día que llevo! Si lo sé, no me levanto», sentencias para ti a la vez que de un tirón separas el edredón de la sábana. Sabes que por mucha indignación que tengas, tendrás que cargar el teléfono si quieres enterarte de algo de lo que ha pasado, así que decides dejar las dramatizaciones a un lado y asegurarte de que todo el cargador está bien ensamblado. Tras comprobar que se activa la señal de que el aparato está cargando, te sientes muy cansado y tomas una decisión. Te metes en la cama y te arropas mirando al techo.

«Mañana revisaré las notificaciones y comprobaré quién me ha llamado con tanta insistencia, si es que es el mismo. Imagino que si no ha podido localizarme en todo el día, podrá aguantar algunas horas más sin saber de mí. Total, no creo que sea nada urgente», te dices con plena seguridad.

Apagas la luz y tu habitación queda sumida en la más completa oscuridad, ni siquiera esta noche entra la luz de la luna por tu ventana, y eso que nunca cierras del todo la persiana y que las cortinas no son muy tupidas. Te giras hacia un lado y te acomodas con un suspiro de placer. Cierras los ojos, tu respiración comienza a ralentizarse y la cabeza divaga ella sola sin que tengas el control. «Sí, mañana será otro día» es tu último pensamiento antes de dejarte caer en brazos de Morfeo. Bien tapado hasta las orejas y hundido en la almohada, ya no eres capaz de ver con claridad la multitud de carteles de videojuegos basados en el lejano Oeste que cubren las paredes de tu dormitorio ni, mucho menos, cómo en la pantalla de tu teléfono, ya activado, pero en silencio, se refleja el siguiente mensaje de texto: «Tenemos que vernos esta misma noche. G.». Solo se escucha ya tu respiración rítmica y tranquila.

★ ★ ★

La mayor parte de la ciudad también descansa; por la calle, el frío hace que los cristales de los coches cambien de color, congelando la fina y húmeda capa de humedad de sus lunas, y el silencio invade cada esquina, las plazas, los parques y las aceras; desde tu casa solo es posible adivinar el rugir de los motores de algunos camiones de basura y, si acaso, sirenas de ambulancias que van a toda mecha a atender una urgencia.

Ya han pasado dos horas desde que el último mensaje apareció en la pantalla del teléfono, pero tú estás en el séptimo cielo, en plena fase REM y con un ronquido de placer que se escapa rítmicamente de la boca medio sonriente. ¿Quién podría despertarte? El siguiente mensaje que vuelve a iluminar fugazmente la estancia tampoco lo consigue. Este dice: «¡Oye, no me digas que estás durmiendo! Hemos quedado en vernos esta noche, así que ya puedes arrastrar tu trasero hasta la puerta y abrirme cuando llegue, que ya me han saludado tres pingüinos en lo que llevo de trayecto! ¡Qué frío hace!».

Pasa otra hora sin que nada perturbe tu sueño. Entonces algo lo altera, es sutil, casi imperceptible, te despiertas a medias y giras en busca de una postura más cómoda en la que seguir con tu tranquilo descanso, seguro de que estás soñando, aunque a los pocos segundos otro ruido te espabila y esta vez sí, esta vez ya no es un sonido que pueda surgir desde dentro de tu cabeza, lo que escuchas es un suave forcejeo que te hace abrir los ojos y desperezarte lo suficiente para mosquearte. Levantas un poco la cabeza, escuchas con atención y al cabo de unos momentos decides ignorarlo, piensas que será algún gato callejero que se ha arrimado a la puerta principal para resguardarse del frío en el porche, no es la primera vez que pasa.

Por desgracia, al moverte has perdido esa postura tan cómoda que habías encontrado antes. «Qué rabia. Con lo a gustito que estaba». Para conciliar el sueño te incorporas y te recolocas; ahora, te pones boca arriba o, como diría tu profesor de gimnasia: decúbito supino. ¡Cuántas veces te machacó para que te aprendieras los dichosos nombres de las posiciones del cuerpo! «¿Por qué me acuerdo de él ahora?: "Decúbito supino, señores", gritaba con el silbato al cuello. Siempre me parecía que hablaba de un lugar. ¿De dónde vienes? De Cúbito Supino, un pueblo precioso. Bah, qué tontadas. A dormir, que yo solo me desvelo». En esa postura parece que tus párpados vuelven a pesar cada vez más y más hasta esconder tus ojos. Pero, de pronto, justo cuando ya empiezas a perder la consciencia, otro dichoso ruido cuyo origen está, esta vez, en la ventana que da al pasillo de la planta baja te importuna y vuelves a espabilarte. «¡Dichoso viento que ahora golpea una rama! ¿Es que en esta casa no puedo dormir en paz?», te indignas. Sujetas la gran almohada que sostiene tu cabeza y la colocas sobre tu cara, a ver si, por fin, de esta forma puedes descansar un par de horas; pero ya estás medio desvelado y cuando se ilumina la habitación con la luz del aviso de la pantalla del teléfono, esta se cuela hasta los ojos y de manera instintiva te giras y lees el tercer mensaje: «Oye, esto no tiene gracia, llevo más de media hora esperándote y encima no me abres la puerta. A ver cómo me vas a compensar esto que estás haciéndome hoy. Por cierto, si no me abres en dos minutos, pienso entrar por la ventana de la cocina, que me he dado cuenta de que no está bien cerrada. Hace un frío que pela».

No haces el menor caso, crees que los mensajes forman parte de algún sueño que te está rondando, y te giras boca a bajo. «Decúbito prono, señores», piensas. Eres muy hábil al intentar descansar con la cabeza escondida entre la almohada y el colchón, a pesar de la sensación de ahogo el sueño regresa poco a poco, pero el enorme estruendo que escuchas en la cocina hace que te despiertes de golpe. «¿Qué ha sido eso?», te preguntas. Tu cuerpo empieza a temblar y no de frío precisamente. Ahora sí que hubieras preferido estar con tus padres de vacaciones en el balneario ese que está a las afueras de la ciudad y al que tanto te insistieron que les acompañases mientras te hacías el valiente y decías que no, que no, que te las arreglabas solo de maravilla y que qué te iba a pasar, con lo contento que te quedaste con la casa para ti solo durante unos días... «¿Quién me mandaría dormir sin nadie más en casa?», reconoces con cierta vergüenza.

Mientras te levantas lentamente de la cama tus pensamientos van a mil por hora. Solo puedes hacer una cosa: tienes que hacer de tripas corazón y enfrentarte a tus miedos o a lo que quiera que haya entrado en casa, si es que ha entrado alguien. Empiezas a pensar en posibilidades. No está muy claro qué puede haber originado el ruido: igual ha sido una cacerola mal colocada que se ha caído del estante, un vulgar ladrón que ha creído que la casa estaba vacía, un monstruo de esos que salen de las alcantarillas por la noche o que vienen del espacio en naves que no detectan los radares, el hombre del saco (vete tú a saber si lo que te contaban de pequeño era verdad y ese tipo existía) o incluso un asesino en serie de los que se ríen de manera siniestra mientras abren mucho los ojos y que son feísimos. Esta última es la opción que menos te gusta, como es lógico.

Agarras el bate de béisbol que tu tía te regaló un par de cumpleaños atrás, siempre te había parecido una tontería de regalo, todo lo que sabías del béisbol era por las películas americanas y por los juegos de la Wii, y sin embargo, ¡qué bien te venía ahora semejante trasto!

Te acercas lentamente hacia la puerta de tu habitación con el bate colocado en el hombro, como crees que lo ponen los jugadores, agarrado bien fuerte con las dos manos. Asomas la cabeza con cautela y compruebas que el silencio invade la planta superior, donde está tu dormitorio y el de tus padres. Tragas saliva y avanzas con pasitos cortos hacia las escaleras. Un traspié repentino hace que sueltes el bate, que cae, da un fuerte golpe en el suelo y te obliga a saltar del susto. Tardas aproximadamente cinco segundos en tranquilizarte. Con la mano izquierda apoyada sobre el pecho notas los fuertes latidos de tu corazón, los cuales se calman a medida que la respiración agitada se va normalizando.

Empiezas a bajar con sigilo por las escaleras, otra vez con el bate al hombro, y hacia la mitad del trayecto, más o menos, puedes escuchar algunos ruiditos que, efectivamente, provienen de la cocina. Si es un ladrón o un asesino, debe de estar hambriento. Igual al final hay suerte y solo es un gato quien se ha colado. Ese último pensamiento te llena de valor.

A la cocina se llega atravesando el salón. La débil luz blanca que sale de ella lo ilumina de manera tenue, el intruso tiene la nevera abierta y eso es lo que permite que veas algo. El suelo es de baldosas y estás tan nervioso que lo notas incluso más frío que de costumbre. No se ve apenas nada, solo los bultos del sofá, las butacas y la mesa del centro. Para no tropezar con nada, empuñas tu arma con una mano y con la otra vas tanteando las paredes, procurando que no se te oiga ni respirar. Sea quien sea, no se ha dignado encender las luces y no vas a ser tú ahora quien le invite a huir antes de tiempo al descubrir tu presencia.

«Mmmmmmm..., ñam, ñam», escuchas.

«¡Lo que faltaba, entra en mi casa y encima se está poniendo las botas!». Puedes permitir muchas cosas, pero que atraquen tu nevera no está en la lista. La indignación te hace avanzar resuelto.

Cuando calculas que estás cerca de la puerta, cierras los ojos, respiras profundamente y con un preciso movimiento de codo enciendes la luz y saltas frente a la mesa que ocupa el centro de la cocina y que, de forma habitual, utilizáis para desayunar.

—¡Te vas a enteraaaaaaaaaa...

Tu grito queda interrumpido al ver que quien ha invadido tu casa, concretamente tu cocina, es tu mejor amigo, Gona.

—Ya era hora de que bajaras, bella durmiente... —contesta él tan tranquilo, con la boca llena mientras mastica una porción entera de la *pizza* barbacoa que te ha sobrado de la comida.

Respiras profundamente y arrojas el bate al suelo que, aparte del ruido que hace, casi quiebra una baldosa. Cierras la nevera de un golpe bastante enfadado.

—Lo primero, no me llames así. Lo segundo, ¿se puede saber qué haces en mi casa a estas horas? Y comiéndote mi comida.

Tu cara es un fiel reflejo de que no das crédito a lo que está sucediendo.

—Jolín, te he llamado cuatro veces esta tarde y nada, que no te daba la gana responder.

—Pero... —intentas interrumpir.

—Ni peros, ni peras, ni manzanas. Después te puse un montón, incluso dos montones, de mensajes para que me esperaras, pero tampoco: ya ni miras mis mensajes... ¿Crees que así podemos tener una amistad? —contesta tu comilón amigo algo indignado.

Tú vas a responder, pero en ese momento te hace un gesto con la palma de la mano para que guardes silencio —obedeces—. Pero te perdono —añade a la vez que se lleva otra porción de *pizza* a la boca—, aunque lo he pasado muy mal, que lo sepas —masculla mientras la grasa y un trozo de queso se le escurren por la comisura izquierda de la boca. Con un rápido gesto de la lengua soluciona el problema.

Aprovechas la pausa del rapapolvo que te está cayendo para agarrar un vaso de cristal y llenarlo de agua fría, necesitas despertar tu cuerpo para que asimile la desconcertante situación que estás viviendo. «Dice que él lo ha pasado mal y a mí casi me da un infarto», piensas mientras al beber intentas calmarte.

—Gona, ¿por qué narices no podías esperar a mañana para contarme lo que sea? ¿Sabes el susto que me has dado? Además, hablamos esta misma mañana —le explicas.

Él apura bien los bordes de la masa antes de contestar, se limpia las comisuras de los labios para tomarse su tiempo y te mira con enfado.

—¡Podrás quejarte! Encima de que esta mañana te he avisado de que ya se podía reservar el último videojuego que ha salido sobre vaqueros, *Tiros tirados por tirar en el Misisipi IV*, me lo agradeces de esta manera.

—No te pongas así, Gona, pero ya sabes que últimamente lo tuyo no es muy normal... —respondes con sinceridad—. Si te parece, mañana me acerco a tu casa y hablamos de lo que quieras, ¿vale? —Sonríes en un intento de reconciliarte lo antes posible con tu amigo.

Él remolonea y aparta su mirada, pero tú le sigues con la tuya y él empieza a moverse y a girar la cara. Y entonces da comienzo un baile algo absurdo cuando tú te colocas enfrente, sin apartar la vista de él, y haces sus mismos movimientos hasta que, al final, logras que se fije en ti y suelte una sonrisa.

—Bueno, está bien. Solo te digo que lo que te tengo que contar es de suma importancia y bastante serio. Por cierto, trae churros, es probable que no haya desayunado si vienes pronto.

No puedes reprimir esa sonrisa que te provocan los comentarios de tu amigo. Siempre consigue decir cosas graciosas completamente en serio, y eso es lo que te hace más gracia.

—De acuerdo, si me encuentro una churrería llevo churros.

—Y si te encuentras una pastelería, pasteles, y si te encuentras una panadería, rosquillas, y si...

—Vale, vale, que sí, que si me encuentro algo abierto te llevo el desayuno.

Tu amigo se queda mirándote un momento sopesando si debe creerte o no, luego sonríe de nuevo, te da una palmada en el hombro, se da la vuelta y agarra el tirador de la puerta de la cocina que da a la calle.

Gona sale hacia la oscuridad y tú observas desde la ventana cómo su figura desaparece en la noche mientras se frota los brazos y las manos para que el calor no le abandone. Te aseguras de cerrar bien, no se vaya a colar alguien más. Recoges los restos de la *pizza* que Gona ha dejado por la mesa, agarras el bate que ha rodado hasta la nevera y apagas la luz. Tu reloj de pulsera indica que son las cuatro menos cuarto de la madrugada. «¿Y ahora cómo diantres me duermo yo?», piensas durante el trayecto hacia tu cama.

Aunque ya se ha pasado el susto, tienes los pies helados, la intriga ya se te ha metido en el cuerpo y estás completamente desvelado.

Introduces los pies bajo el edredón, que todavía sigue caliente, y te arropas hasta el cuello. ¿Qué será eso tan importante que Gona no puede esperar a comentarte? Tiene que ser súper importante para venir a despertarte a esas horas con el frío que hace. Bueno, solo queda esperar.

★ 2 ★

LA NOTICIA

Como es de esperar, no puedes pegar ojo en lo que resta de noche. Bueno, mejor dicho, no paras de dar vueltas de un lado a otro. Te colocas de todas las posturas habidas y por haber, pero la inesperada visita de tu amigo Gona está permanentemente en tu cabeza. «Solo a Gona se le puede ocurrir eso de plantarse en mi casa a estas horas», piensas a la vez que ahuecas una vez más la almohada.

Lo cierto es que la última vez que os visteis fue hace ya dos semanas. Él estuvo ocupadísimo con no sé qué cosas que a día de hoy sigues sin comprender y tú te dejaste las cejas estudiando para aquel dichoso examen de Historia que, por otra parte, piensas que no sirve para absolutamente nada más que para entretener a los pobres profesores cuyo sueño era descubrir algún continente perdido o, simplemente, limpiar huesos de dinosaurios. «Ya ves tú, y por esas bobadas te hacen un examen», pensaste en aquel momento. Ahora te giras, desde tu cama observas la luz de la luna, su intensidad va disminuyendo hasta que el sueño te invade y tu mente por fin empieza a desconectar. Mañana descubrirás ese asunto tan importante para Gona.

★ ★ ★

El nuevo día ya ha llegado y los rayos del sol brillan intensamente a través de tu ventana. «¡Pero a quién se le ocurre amanecer tan pronto!», gritas en tu cabeza. Sientes que tu cuerpo pesa e incluso te cuesta mantener los ojos abiertos. Reconoces al instante que sigues llevando fatal eso de no dormir bien por la noche. Con mucho esfuerzo, sales de la cama y te desperezas. Si de algo tienes ganas es de volver a meterte entre las sábanas, que todavía siguen calentitas. Está claro, lo tuyo no son las interrupciones y sobresaltos nocturnos.

Después de la rutinaria visita al aseo desbloqueas tu teléfono y ves un nuevo mensaje de Gona: «Venga, mueve el trasero, que ya están puestas las calles y, al final, vas a traer hasta la comida. Por cierto: no te olvides del desayuno. ¡Tengo un hambre que da calambre!». Dibujas una sonrisa en tu cara al recordar la ida de olla de tu amigo anoche y bloqueas la pantalla. Consideras innecesario contestar al mensaje, total, en poco tiempo vas a descubrir el misterio y Gona sabe que siempre cumples con tu palabra.

Mientras te vistes, pisas sin querer el mando de la televisión de tu cuarto y se carga ese videojuego: *Tiros tirados por tirar en el Misisipi III*. «¡Qué valor tiene Gona de no reservarme la cuarta entrega. Ahora tendré que apuntarme a la maldita lista de espera!», refunfuñas. Tu reloj marca las nueve menos diez, consideras que todavía es pronto, así que decides echar una partidita rápida. A los pocos minutos, los botones del mando de la videoconsola están que echan humo: para arriba, para abajo, para un lado, ahora dos a la vez, luego cuatro y giro... Tienes unos reflejos que tus amigos envidian a la hora de manejar el revólver ficticio pero, para tu sorpresa, desvías un instante la mirada al teléfono y esta te devuelve a la realidad de golpe. El tiempo ha pasado volando, llevas más de media hora jugando y el aparato está saturado de mensajes de tu amigo, cada uno de ellos más enloquecido que el anterior. «¡Rayos, rayos, tengo que pirarme deprisa!», gritas a la vez que sales por la puerta del dormitorio. Para tu suerte, la partida se ha quedado en pausa, justo cuando te toca iniciar el duelo más complicado del último nivel. Acabas de vestirte con lo primero que encuentras y sales corriendo. Detrás de ti, la puerta se cierra con un fuerte golpe.

★ ★ ★

Sales de la pastelería con unas cuantas dulces y esponjosas rosquillas de azúcar. Vas contento, pues sabes que son las preferidas de Gona y te encanta darle esas sorpresas. Caminas deprisa calle abajo y allí está: el autobús parece que sabe que lo necesitas, porque tienes mucha prisa, y cuando justo aceleras en un *sprint* que ni los atletas olímpicos, él decide participar en tu carrera y meter un acelerón y seguir su ruta sin ti.

Pero, animoso, no te vienes abajo. Sacas fuerzas de flaqueza, recuperas el aliento y te remangas la camisa. ¿Qué puede haber más bonito que practicar ejercicio por la mañana con una mochila cargada de dulces?

Al ritmo rápido al que vas, a ratos corriendo y el resto a toda pastilla, no tardas mucho en llegar al barrio de Gona. Su casa está justo a dos calles de donde te encuentras. Ese último tramo lo haces caminando, intentando que tus pulsaciones vuelvan a su estado normal. Después de cruzar la primera calle y girar a la izquierda, ya tienes en tu campo visual, a lo lejos, la suya: es una casa bastante grande, se ve desde los dos extremos pero, a medida que te acercas, te das cuenta de cómo la valla del jardín, que antes era blanca, ahora tiene un extraño color gris, parece que no la han limpiado desde hace muchísimo tiempo; las flores que antes adornaban la entrada ahora están sepultadas por un espeso césped salvaje que engulle hasta las plantas de plástico y los dos enanitos que estaban a la derecha. Ya estás frente a la primera puerta, la que te permite entrar al jardín, el buzón está repleto de cartas, folletos propagandísticos y algunas revistas a las que Gona está suscrito. Tienes la seguridad de que si alguien intenta meter una hoja más, el pequeño cacharro metálico reventará por los aires como si tuviese una carga explosiva. Todo tiene un aspecto dejado que te preocupa un poco, con hojas, papeles y plásticos esparcidos aquí y allá. Abres la simple cerradura de la verja y entras, poco a poco, con pequeños saltos.

—¡Mamá, mira, va a entrar en casa del loco! —escuchas decir a un niño que te señala con el dedo desde la acera opuesta.

La madre lo lleva hacia ella con un gesto de protección.

—Ya lo veo, cariño, venga, vámonos, es mejor que no sepamos lo que puede suceder.

Te quedas pensativo un momento. Es cierto que Gona es peculiar, pero de ahí a ser considerado un loco hay varios pasos. Avanzas con resolución. Pulsas el timbre y esperas.

El suelo de la madera crujiendo delata la presencia de alguien. Imaginas que Gona ya tiene que estar despierto. Tomas aire y esperas a que abra mientras pones una sonrisa.

—Deja el paquete en la puerta y márchate, ya he pagado por PagaPal —contestan desde dentro.

—Em... —respondes a la vez que buscas con la mirada a algún repartidor.

—Que sí, que no te preocupes, ya me encargo yo de guardar la caja. ¡Venga, vamos, que no tengo todo el día!

«Pues, si no tiene todo el día, ¿por qué narices no abre directamente?», te preguntas.

—Gona, soy yo —contestas esta vez.

Por un momento el silencio invade la situación. Después de unos minutos, tu amigo entreabre la puerta y asoma un ojo.

—¿Has traído el desayuno?

—Aquí va. —Sacas de la mochila la bolsa con las rosquillas y se la muestras.

Él extiende la mano fuera.

—Pasa —dice a la vez que flexiona la muñeca para indicarte que pases.

Entras algo indeciso, pero entras. Él, que todavía lleva puesto el pijama, lidera la expedición a la sala principal. Sí, expedición, porque va apartando papeles, pilas de periódicos, réplicas de figuritas y objetos que no has visto en tu vida ni imaginas para qué diantres sirven.

—Tienes esto un poco... —no terminas la frase. Cuando llegas a la sala te percatas de que todas las paredes están forradas con múltiples noticias, recortes y fotografías conectados con distintos cordeles de colores y chinchetas.

Él frena en seco y se gira hacia ti.

THE SUNDAY TIMES
Rash of Cow Tipping
Baffles Police

—¿Qué? ¿A que te gusta? —pregunta orgulloso.

—Pues, la verdad es que...

Él coloca su dedo índice sobre tus labios.

—No contestes, no gastes tus halagos. Tienes que escucharme. Toma asiento —te indica.

Apartas con cuidado un par de noticias que tiene extendidas sobre el sofá y te acomodas.

—Bueno, tú me dirás.

Parece que tu amigo se ha olvidado de aquello tan importante que te tenía que contar. Está comiéndose todas las rosquillas que has llevado. Es como si llevara meses sin probar bocado.

—Ya podías haber traído chocolate caliente —te recrimina. Tú te dispones a responder, pero lo piensas mejor y te callas—. No te preocupes, te perdono; para eso están los amigos. —Suspiras a la vez que dejas los ojos en blanco, tú que te habías imaginado su cara de sorpresa y alegría con el desayuno—. Bien, como te quería comentar anoche, tengo un asunto muy importante que me gustaría explicarte. Mira esto —te indica a la vez que te muestra una noticia de periódico.

«El revólver del Coyote sigue en paradero desconocido después de que el último visitante fuera detenido», aparecía en la noticia junto con una fotografía de Gona esposado.

—¡¿Qué?! —gritas—. Gona, ¿se puede saber qué narices has hecho? ¿Has robado un maldito revólver?

Te levantas de golpe. Él te dice con las manos que te calmes.

—No, a ver, yo no he robado nada, ¡mira la fecha!

Sigues sus indicaciones y te fijas en que el periódico es justo de dentro de una semana.

MONDAY
NO. 415721
THE SUNDRY TIMES
VOL. 3302
EARLY EDITION
El revólver del Coyote sigue en paradero desconocido
Después de que el último visitante fuera detenido

—Pero, mírate, Gona, apareces como el ladrón de la exposición «Tesoros de valor incalculable del lejano Oeste». ¿Cómo se te ocurre?

—Que nooo, que esta noticia es del futuro...

—¡No me lo puedo creer, mi amigo un ladrón! Qué digo un ladrón, ¡un ladrón de armas!, qué digo ladrón de armas, ¡un traficante peligroso de armas! Qué digo un traficante...

Gona te interrumpe con brusquedad. Parece que él ya está cansado de repetírtelo, pero lo hace una vez más.

—¡Vamos a ver, que yo no he quitado nada a nadie, de momento! Bueno, miento: una vez me llevé dos caramelos en vez de uno de la bandeja que tienen en el mostrador del banco, ¡pero fue sin querer, estaban pegados! —exclama.

Te calmas, revisas la fecha del recorte del periódico e intentas colocar en tu mente lo que significa que sea una noticia del futuro. Intentas comprender la situación, todo esto te sobrepasa: tu amigo, que no está muy bien de la cabeza, va a ser considerado un ladrón sin haberse llevado nada. El tema es bastante serio. Miras a Gona, que te observa con los ojos muy abiertos, con cara de inocente y muy pero que muy compungido.

—Pero, fíjate, Gona, tú tienes un montón de cosas raras y antiguas por toda la casa. En cuanto la policía vea todo esto no dudará de que tú eres el principal sospechoso del robo. Seguro que piensan que querías conseguir esa maldita pistolita y, claro, la única forma de obtenerla era robándola...

—Eh, que no hay más sospechosos. Lee bien la noticia, dice que fui el único visitante que apareció por la exposición y por eso me quieren cargar a mí el muerto. —Gona juguetea con una cajita metálica de lo más extraña—. Sabes que no soy capaz de llevarme nada que no es mío. Salvo esos malditos caramelos de cortesía.

Te acercas a su lado, reconoces que tu amigo tiene razón, que no está en su naturaleza hacer una cosa así y te da pena por lo que está pasando. Le coges del hombro para darle ánimo.

—Pues lo que dices, que solo fuiste tú a ese sitio, lo pone todo peor.

—Lo sé —dice muy bajito Gona a la vez que baja la cabeza y mira sin ver sus zapatillas de estar por casa.

—Está bien. Oye, ¿y cómo has conseguido este periódico? —preguntas con interés—. No todo el mundo obtiene información tan sumamente actualizada, bueno, adivinada...

Gona hace un amago de contestar, pero, justo cuando va a pronunciar la primera palabra, se calla.

—Ya te lo contaré.

Su respuesta no es tan satisfactoria como te gustaría, pero confías en él.

—Está bien. Pero vamos a lo que vamos: ¿cómo pretendes salir de esta? —preguntas sin rodeos.

Él se rasca la cabeza, parece que duda, pero se anima y te sonríe.

—Lo tengo todo pensado. Anda, sígueme, te voy a enseñar una sorpresita...

No te da tiempo a incorporarte, Gona te agarra de la camisa y te lleva a rastras hasta el garaje.

Todo está oscuro y sucio, las escaleras que bajan hasta la cochera están en bastante mal estado e incluso temes por tu integridad física. Él va bastante deprisa, pero a ti te cuesta seguirle, no sabes dónde poner los pies ni en qué resbaloso pasamanos apoyarte.

—¡Gona, eres un guarro, no limpias ni el polvo! —dices—. ¡Creo que acabo de atravesar una telaraña con mi cabeza! Menudo asco.

Él se detiene e inspecciona. Parece preocupado. Tú te giras y lo miras.

—Uf..., qué susto, no te has llevado la telaraña, sería alguna pelusa. —Tú atiendes preocupado—. ¿Ves? Aquí está la telaraña —te dice a la vez que con su dedo te marca el punto exacto—. Menos mal que no le ha pasado nada a Patitas —te explica mientras una araña peluda y bastante repulsiva acude al centro de su obra maestra—. Venga, no podemos entretenernos más —te dice.

Alucinas en colores y te dejas guiar por Gona. Te dan mucho repelús las arañas, les tienes casi fobia. Por eso, tardas en reaccionar y le sigues como un zombi.

Después de atravesar la escalera y el pasillo, llegáis al garaje, donde hay un coche muy antiguo que te es familiar.

—¡Es un auténtico DeLorean DMC-12! —gritas con emoción.

Gona te mira extrañado a la vez que coloca el dedo índice de la mano derecha entre sus labios.

—¿Desde cuándo sabes tú tanto de coches? —te pregunta asombrado.

Te tomas un momento antes de contestar y lo aprovechas para revisar desde fuera que, efectivamente, se trata del modelo que has mencionado antes.

—Hay muchas cosas de mí que no sabes —respondes con un tono interesante que te favorece. Gona enciende una bombilla que cuelga del techo y, en ese momento, puedes apreciar los distintos matices del coche: su pintura gris metalizada, las puertas de ala de gaviota... Sin duda,

una auténtica joya automovilística. Te acercas todavía más a la parte trasera y descubres algo que te llama poderosamente la atención—. ¿Qué le has puesto al maletero? —preguntas.

Él se acerca y se apoya con el codo, a hacerse el interesante nadie le gana.

—Esto es una maravilla —dice a la vez que da dos pequeños golpes con los nudillos—. Llevo varias semanas trabajando en que este aparato sea capaz de llevarme a cualquier momento que quiera. Ya sabes..., viajar al futuro, al pasado, quedarme donde estoy... Lo he llamado Cortocircuitos.

No das crédito a lo que dice tu amigo; sin duda, está como una cabra.

—¿Cortocircuitos? La verdad es que no es un nombre que inspire mucha confianza... ¿Has conseguido ya hacer algún viaje?

Tu pregunta hace que su expresión cambie, ahora parece algo contrariado. Se incorpora y pone gesto de preocupación.

—Todavía no... A ver, lo que quiero decir es que todavía no lo he probado. Me faltaba el condensador de...

—¡Fluzo! —gritas.

Él se queda petrificado.

—¿Cómo lo sabes?

Tú sonríes.

—Porque Inteligencia es mi segundo nombre.

Ambos reís, aunque, en realidad, a él parece que no le hace mucha gracia.

—Bien. Como te iba diciendo, tengo muy clara una cosa: si acaso es verdad que yo soy el ladrón, la respuesta la tienen ese tal Coyote y su maldito revólver —hace una pausa y saca de su bolsillo el recorte—. He encontrado en internet la fecha exacta y el lugar donde apareció el Coyote. Si conseguimos dar con él, sabremos qué es lo que sucederá realmente en el futuro. ¿Qué dices, te vienes conmigo?

En su rostro aparece claramente reflejado el entusiasmo que siempre ha tenido por superar los distintos retos que se le han puesto delante.

—¡Claro que sí, Gona! Cuenta conmigo —respondes de inmediato. Intuyes que estás a punto de comenzar la aventura de tu vida.

—¡Genial! De acuerdo, coge tu mochila y algo de comer. Yo he preparado un pequeño saco con un kit de supervivencia: mechero, bengalas, un par de latas y, por supuesto, una *pizza* al vacío —te cuenta eufórico.

Te vas a por tus cosas a la sala principal con mucho cuidado de no toparte con Patitas ni ninguna de sus primas. Cuando estás recogiendo la mochila, llaman a la puerta. Te acercas a ella para abrir, pero Gona, que ha salido detrás de ti como una exhalación, se adelanta: se coloca frente a ella y pregunta:

—¿Quién es? —dice asomándose por la mirilla—. ¡Oh, vaya, un paquete! —Abre sin mediar palabra con el repartidor, a quien le quita de entre las manos el bulto, firma de cualquier manera en el papel que le extiende y cierra de un portazo sin despedirse, ni dar las gracias, ni nada.

Gona se acerca a ti sonriente.

—¡Qué alegría me da recibir cosas! —dice agitando el paquete, que no pesará más de medio kilo.

Tú también lo inspeccionas, pero sin tocarlo.

—¿No lo vas a abrir? —preguntas intrigado.

Él lo coloca sobre la mesa principal.

—Lo abriremos a la vuelta. Ahora tenemos una misión

importante que llevar a cabo. ¡Vamos, Cortocircuitos nos espera!

«Tanta ilusión y luego no abre el paquete ni nada. No hay quien lo entienda». Respiras profundamente y caminas tras él sin saber muy bien adónde.

3

EL LEJANO OESTE

Las puertas de ala de gaviota se despliegan de forma majestuosa. Disfrutas con el sonido que producen al abrirse, te recuerdan a esas escenas en las que las naves espaciales, después de tomar tierra, abren la compuerta y de allí sale un valiente astronauta dispuesto a explorar los rincones más inhóspitos del lugar. Pero, en vez de atrevidos astronautas, eres una persona medianamente normal y un chaval al que no se le ocurre otra cosa más que viajar en el tiempo al pasado para saber por qué hará algo de lo que está seguro que no hará en el futuro.

Gona aparece por la puerta del garaje. Se ha quitado el pijama y las zapatillas y va con unos pantalones vaqueros, botas, camisa, una cazadora y un sombreo vaquero que se ajusta a la perfección en su cabeza y que, además, tiene una cuerda de esas que se usan para que si se cae hacia atrás, quede colgando del cuello y no se pierda. Tú ya estás en tu sitio: sobre la suave tapicería de cuero de Cortocircuitos.

—Sigo sin entender por qué tienes tanta prisa en que vayamos al pasado, Gona —comentas mientras miras con asombro cómo va vestido y le observas moverse de un lado a otro recogiendo cosas aquí y allá.

Él, que está absorto en sus pensamientos y en llenar su mochila con más provisiones, no te dirige la mirada.

—Porque sí —responde tajantemente.

Tú no aceptas esa respuesta tan sumamente simple y absurda, ¡vais a hacer un viaje en el tiempo y se lo toma como quien se va a comprar un helado! Algo te tendrá que explicar si quiere que le acompañes.

—Venga, no te hagas de rogar, que mira que me vuelvo a mi cama... —dices tirándote el farol. Ni loco te perderías la que promete ser la aventura de tu vida.

Él se gira y se acerca a tu puerta, que todavía está levantada. Parece que no se ha tomado muy bien tu comentario, pues poco a poco se va quedando cada vez más y más pálido.

—No..., no lo dirás en serio, ¿verdad? —dice con una cara que roza la ternura de los vídeos de gatitos.

Haces una pausa para controlar la carcajada que asciende poco a poco por tu garganta. No pensabas que la estrategia tendría tanto efecto.

—Puede —afirmas—, si no me das todos los datos —te reafirmas.

Parece que se lo ha tragado, incluso ahora ves cómo tiemblan sus piernas. Gona deja su mochila en el suelo y se sincera contigo.

—Está bien, a ti no te puedo mentir. Aunque te cueste creerlo, no soy del todo perfecto.

—Pero...

—Calla, calla —dice Gona—. No intentes hacerme cambiar de opinión. —Asientes como si te lo creyeras—. El caso es que no se me da muy bien eso de elaborar fluzo y únicamente podremos permanecer cuarenta y ocho horas en el pasado; después, automáticamente, Cortocircuitos —dice acariciando el volante— volverá a este garaje y, si nosotros no estamos entonces dentro de él, nos quedaremos atrapados para siempre en esa época.

La charla que te ha soltado Gona y su mirada grave te convencen de la seriedad del asunto.

—Está bien, Gona. Me quedaré a tu lado, amigo —confirmas.

Él te devuelve la mirada de complicidad y, otra vez animado, agarra de nuevo la mochila, en la que guarda cada vez más cosas. «¿Es que no tiene fondo el saco?», piensas.

Después de guardar, por último, la linterna que había en una mesa cercana, tu amigo se mete en el coche.

—Bueno, ¡vámonos! —Tú te abrochas el cinturón. No sabes cómo funciona ese coche, si se va a mover o va a desaparecer por arte de magia. Aunque tienes confianza en tu amigo, la inquietud por hacer un viaje en el tiempo te pone algo nervioso y hace que te tiemblen un poco las manos. Gona pulsa diversos interruptores que van encendiendo distintos testigos—. Condensador y distribuidor de fluzo: listo; año: listo; destino: listo. ¿Has visto cómo controlo? —te dice con mucha seguridad y sin mirarte.

Tú observas con atención todo lo que hace y los paneles situados en el salpicadero. La verdad es que no entiendes mucho lo que pone, tantas luces, flechas y diagramas que no sabes a qué se refieren.

—Ya veo...

—Vale. Reposabrazos: listo; posavasos para el refresco: listo. ¡Rayos!

—¿Se puede saber qué pasa? —interrumpes alarmado.

Tu amigo levanta la mano del panel de interruptores y busca desesperado en su mochila.

—¡Oh! Aquí está, qué susto me he llevado... —Besa dulcemente la lata de cola—. Casi se me olvida —dice a la vez que coloca el refresco en su hueco—. Ya podemos arrancar este bicho.

—Que Dios nos pille confesados... —rezas y te agarras con fuerza a los reposabrazos de tu asiento.

Gona gira la llave y el coche habla.

—Hola, Gona, ¿qué te trae por aquí? —responde una voz sintética y más robótica de lo habitual. Te quedas asombradísimo, al final este coche va a molar más de lo que pensabas, y ya pensabas que molaba muchísimo.

—¡Ey, Cortocircuitos! Pues nada, que estaba aburrido y he dicho «voy a darme un voltio por ahí».

—Ejem... —carraspeas. Tu amigo se da cuenta de que está hablando por hablar con el coche, te mira y te presenta.

—Este es mi mejor amigo.

—Encantado —responde Cortocircuitos.

—Bueno, como sientes, estoy acompañado, así que no me líes más y llévanos al lejano Oeste, ya te he puesto el lugar y la fecha exactos. —De repente Gona parece que tiene prisa y está inquieto. «Con la pachorra que tenía cargando la mochila», piensas.

Un ruido raro sale de debajo de los asientos, se extiende hacia la parte de delante y el coche comienza a moverse con unas pequeñas sacudidas muy rápidas. Tú tiemblas, no sabes lo que va a pasar.

—Está bien, Gona. ¿Llevas crema para el sol? —pregunta el coche.

Él sostiene en su regazo el saco y rebusca dentro.

—Sí.

—¿Y gorro de baño? —vuelve a preguntar.

Él hurga de nuevo.

—Sí.

—Imagino que llevarás un disfraz de Bob Espon...

Tú ya no aguantas la situación.

—¿Se puede saber para qué narices quiere ahora un gorro de baño y un disfraz? ¡Llévanos ya, por favor! No tenemos todo el día —exclamas impaciente.

El coche deja a un lado el interrogatorio y cierra las puertas.

—Calculando ruta hacia el lejano Oeste.

Después de esas palabras, una densa niebla empieza a salir del interior del coche hacia fuera. Notas cómo el motor empieza a vibrar y a agitar el coche en todas direcciones. Sea lo que fuera a pasar, tienes claro que viajar en el tiempo es algo muy extraño.

★ ★ ★

No sabes cuánto tiempo ha pasado. Ni eres consciente de cómo habéis llegado hasta allí. Todo está oscuro por esa especie de neblina que apareció dentro del coche cuando estabais en el garaje de Gona y que ahora se ha apropiado de cada resquicio de la cabina. La situación dentro se está poniendo bastante agobiante.

—¡Abre las puertas, Gona! Cof, cof —toses.

Escuchas cómo las manos de tu amigo golpean la puerta izquierda hasta que, por fin, se abre. Entonces él se incorpora en el asiento y sale. La espesa neblina se dispersa por la estancia en la que os encontráis que, para vuestra sorpresa, es tan oscura que llegáis a pensar por un momento que seguís en el garaje de Gona, eso sí, con la luz apagada.

—Vaya mareo produce eso de viajar en el tiempo —dice Gona, que se va tambaleando como si fuera un péndulo hasta que cae redondo al suelo.

—¡Gona! Tío, ¿estás bien? —preguntas al ver cómo su silueta se ha esfumado del campo de visión. Él no responde, así que te invade la preocupación.

Sigues todavía sujeto al asiento por el cinturón de seguridad. Nervioso, intentas arrancarlo, pero es en vano. «A ver, piensa», te dices. La solución la encuentras un segundo después, al comprobar que tienes que pulsar el enganche. Ni siquiera intentas abrir tu puerta, intuyes que la vida de tu amigo podría estar en peligro y sales por la del conductor como si fueras una bala. Enseguida ves un bulto a unos pasos. Por suerte, Gona ha caído sobre una montaña de heno y paja seca, vamos, que probablemente esté mucho más cómodo que cuando duerme en su cama. Le das dos pequeños golpes con el pie y él te intenta apartar con la mano.

—Cinco minutitos más... —murmura—. Sí, mamá, quiero más *pizza* para cenar...

Te echas las manos a la cara. «¡Qué tío! Si hasta se ha quedado dormido...», piensas.

—¡Venga, Gona, que no tenemos tiempo que perder! —gritas.

Del susto que le das, él da tal bote que casi se golpea la cabeza con la puerta levantada de Cortocircuitos.

Ya en pie, mira algo atontado a su alrededor. Pasan unos segundos hasta que se sitúa y con un gesto te da a entender que todo está bien, que ya sabe dónde se encuentra. Busca en su mochila la linterna que había guardado. La enciende y hace girar la luz a su alrededor.

«Muuuuuuuu», escucháis. Una vaca algo asustada os mira fijamente. Gona suelta la linterna, que choca contra el suelo y se apaga.

—¡Ya te vale, Gona! ¿Cómo le puedes tener miedo a una pobre vaquita? —le dices con algo de burla.

Él, para disimular, se sacude el pantalón y la camisa con el objetivo de quitarle importancia a lo que acaba de suceder.

—Bueno, no te pongas así, es que me ha dado impresión... No parece una apacible vaca de esas que dan leche merengada y hacen tolón tolón...

Tú te ríes.

—Lo que tú digas, Gona... Por cierto, ¿estamos en un establo? —preguntas mientras inspeccionas el lugar.

Reconoces el suelo pajizo y un cubo de metal gracias a la tímida luz que se cuela entre las rendijas de madera, desearías no percibir el fuerte olor que se concentra en el recinto. Tu amigo aprovecha para ir hacia lo que parece una puerta. Tira con fuerza del portón y después de producirse un crujido seco consigue desencajar una de las hojas y abrirla.

La luz y el calor inundan el interior de lo que, en realidad, es un granero, así lo desvelan los distintos aperos que los granjeros utilizan para recolectar, los sacos con diversas clases de granos... y en medio de todo lo que el mundo rural puede ofrecer, ahí está Cortocircuitos, desentonando.

Te acercas a Gona, quien todavía sostiene el gran portón abierto.

—Oye, pues no queda nada mal Cortocircuitos. Le da una apariencia campestre. ¿Te has fijado? —te pregunta.

Decides no responder y cambiar de tema.

—¿Qué se supone que vamos a hacer, Gona? Porque nos quedan menos de cuarenta y siete horas y media para encontrar a un tipo y su revólver, algo que creo que es bastante complicado en esta época que, o mucho me equivoco, o por lo que yo sé está llena de tipos con revólver.

Él se acaricia la barbilla mientras da vueltas alrededor de Cortocircuitos.

—No sé si debería cambiar el color al coche. Quizá el amarillo oro le venga mejor —reflexiona a la vez que empieza a echar sobre el vehículo montones y montones de paja que terminan por ocultarlo completamente.

No sabes qué hacer, Gona te tiene desconcertado. Vas a reñirle cuando de pronto escuchas que alguien lanza varios disparos al aire. Os miráis temblando.

—¡Corre, Gona, escondámonos detrás de esas vigas! —exclamas. Los dos saltáis como dos gatos y agacháis las cabezas tras unas maderas.

Podéis escuchar cómo alguien se acerca a toda velocidad hacia el granero.

—¿Quién anda ahí? —grita el individuo—. ¡El maldito ladrón que se atreva a quitarme un solo grano de maíz probará el plomo de mi rifle! —La figura del hombre se proyecta a pocos metros de donde os encontráis—. Oh, si estás aquí, Duquesita —le dice a la vaca—. No tenías que haberte ido de paseo tú sola, princesita. Venga, ve con las demás, reina.

Gona sonríe e intenta frenar una carcajada después de escuchar las cursilerías, tan contradictorias con las primeras palabras del que se supone rudo vaquero. Menos mal que justo cuando va a ceder a la presión de los mofletes inflados, le tapas la boca y lo aprietas contra tu hombro para contenerle.

—Shh... —le susurras.

El hombre acompaña a la vaca hasta la salida y deja la puerta abierta.

—Perdón, ha sido sin querer —responde en voz baja tu amigo.

Haces un gesto para quitarle importancia y ahora te alegras de que gracias a una de sus locuras, en este caso la de cubrir a Cortocircuitos con paja, no os hayan pillado allí.

Unos minutos más tarde, cuando os cercioráis de que es poco probable que el dueño vuelva, salís de detrás de las vigas y os acercáis de nuevo al coche. Sacáis las mochilas y volvéis a tapar a Cortocircuitos, esta vez, a conciencia.

—No es por nada, pero que sepas que tu ropa no pega absolutamente nada —dice Gona mientras te mira con desaprobación.

Le miras con algo de enfado.

—¿Perdona? Pues anda que tú, que pareces...

—Un chico muy atractivo y deseable, gracias por tus cumplidos. Pero aunque yo venga perfecto, tú no; así que si queremos dar con el Coyote, tendremos que pasar lo más desapercibidos posible. —Tu cara parece un cuadro, no puedes creer lo que te dice—. Venga, vamos a ver dónde podemos encontrar algo de ropa de este siglo.

Te ajustas las cintas de la mochila y sigues a Gona.

—¡Espera un momento! —dices. Retrocedes unos pasos y recoges la linterna que se le había caído a tu amigo con el susto de la vaca.

A unos quinientos metros se ve un grupito de casas de madera y hacia ellas os dirigís.

—Ojalá sea un pueblo, a ver qué nos encontramos... —comentas.

—Sí, seguro que tiene un estupendo centro comercial —dice convencido y serio Gona.

—¡Qué dices! De momento a ver si está habitado y luego a ver si hay suerte y alguien nos vende algo.

—Vale, vale, que no se puede decir nada —refunfuña Gona.

Enseguida llegáis y en una construcción un poco más grande que las demás se puede leer «Gran almacén de todo lo que se precise del Sr. Smith».

—¡Estamos de suerte! —exclamas—. Venga, vamos de compras.

El almacén del señor Smith es un enorme recinto cuadrado lleno de estanterías repletas de cosas que amenazan con caerse. No tienes ni idea de lo que son muchos de esos objetos; otros sí los identificas: cepos para osos, botellas con licores, sacos con cereales y harinas, frascos, telas, hebillas, trampas para ratones, longanizas, zapatos, lámparas de petróleo, serruchos, cajas y cajas con vete tú a saber qué trastos dentro... Tenía razón el cartel, es un almacén de cualquier cosa que se precise. Al fondo hay un mostrador larguísimo y, pegada a la pared, una vitrina que llega al techo, llena de papeles, candelas, joyeros, puntillas, algún libro, etc. Todas las cosas que se suponen de valor o más caras. Entre el mostrador y la vitrina, un señor muy alto os mira impasible, vestido de negro, con chaleco, sombrero de fieltro y unos anteojos que sujeta a la nariz con una cinta. Gona se acerca con la mejor de sus sonrisas.

—Buenas, caballero, supongo que tengo el gusto de hablar con el señor Smith.

—Buenas, forastero. Si quieren comprar algo, rápido, que no tengo todo el día, si quieren darme la charla, ya están largando.

—Ni que tuviera la tienda a rebosar de clientes... —dices echando un vistazo a tu alrededor.

El señor Smith te lanza una mirada de pocos amigos.

—Bueno, pero podrán llegar en cualquier momento, ¿no? —tercia Gona en plan conciliador—. Queremos comprar, claro que queremos comprar. Aquí mi amigo, que viene de la ciudad y no tiene nada que ponerse.

El señor Smith te mira con desprecio.

—Esta ropa tan rara es de payaso —dice—, yo no me la pondría ni para el baile de Carnaval.

—Ya me está hartando este tío... —murmuras al oído de Gona. Este hace un gesto para apartarte y sigue tratando de agradar al tendero irascible.

—Tiene razón, parece un payaso, por eso necesitamos su ayuda. ¿No tendría por ahí algo para este muchacho?

El señor Smith te lanza una ojeada de superioridad y saca de debajo del mostrador una camisa, un chaleco, unas botas, un cinturón y un sombrero de ala ancha.

—Esto es lo que hay —dice y se pone con los brazos en jarras.

—Y si no me vale..., ¿puedo probármelo? —comentas algo dubitativo.

—Esto es lo que hay —repite el tendero.

—Vale, vale, nos lo llevamos —replica Gona rápido y mete las prendas en tu mochila.

—Son cincuenta dólares —le para el señor Smith.

—¡Anda! Pues he salido de casa sin dinero —dice tu amigo poniendo cara de inocente—. ¿No tendrás tú por ahí algo?

—Pues solo me quedan unos céntimos, me gasté lo que traía en las rosquillas —contestas preocupado mientras miras la cara de pocos amigos del señor Smith.

—Si no me pagáis, forasteros —dice este—, probaréis el collar de cuerda que cuelga del árbol de los ahorcados que tenemos ahí de reserva para los ladrones.

Gona y tú os quedáis más blancos que la leche. Casi te mareas del agobio. Nada más llegar y ya estáis en un lío tremebundo.

—¡Espera, espera! No hay que ser tan drásticos. ¿Admite tarjeta?

—¿Qué si admito qué? Yo soy el que vende tarjetas de cumpleaños y visita. Encima de ladrones, timadores. A que saco el rifle...

—Que no sabe lo que son las tarjetas de crédito, estás tonto —dices entre dientes a tu amigo.

—No, no, espere... mire... —Gona empieza a rebuscar a la desesperada en su mochila. Pone cara de ilusión y saca un mechero—. Aquí tiene, ¡un mechero mágico! Con el dedo se puede hacer fuego, es la caja del fuegoooo... —Empieza a hacer gestos como de mago y a poner caras raras.

—Me tenéis harto —dice el señor Smith, que saca un rifle de debajo del mostrador y os apunta de manera alternativa.

—¡Espere, espere! Mire —gritas desesperado. Rebuscas en tu mochila y lo primero que sale es la linterna que recogiste del suelo—. Esto es muy valioso, mire, se le da aquí y se ilumina todo.

El señor Smith se queda mirando con interés. Cuando consigues encender la linterna y sale el chorro de luz, casi se le salen los ojos del asombro.

—Trae. —El hombre coge el aparato como si fuera el mayor tesoro.

—Aquí se enciende, si le da así se apaga —empieza a explicar Gona.

—Vámonos antes de que se le acaben las pilas, que este tío no es muy paciente —le dices mientras le tiras de la manga.

—Sí, sí, bueno, caballero, nosotros nos vamos, que pase un día estupendo.

Vais andando hasta la entrada hacia atrás por precaución, pero ya no hace falta, el señor Smith está fascinado con su linterna. Al llegar a la puerta, salís con un suspiro de alivio.

—Bueno, venga, cámbiate de ropa, no me gusta ir con una persona tan poco glamurosa —dice Gona tan tranquilo.

4

EL BRAZO VAGO DE LA LEY

Gona no hace más que meterse contigo, al verte con esa ropa tan particular en la que descubres algún que otro remiendo que, perfectamente, podría ser fruto de un balazo. Te empiezas a agobiar.

—Gona, creo que llevo la ropa de un cadáver —anuncias.

Él te mira y te pide que te des una vuelta. Accedes a la vez que te colocas el sombrero. Giras sobre ti mismo y te le quedas mirando expectante.

—Pues parece que el tipo tenía tu misma talla. Qué bueno, ¿verdad? No todo el mundo puede presumir de llevar el traje de un muerto. Por cierto, tienes justo en el costado una mancha de sangre que combina con el color de tus ojos.

Pegas un salto y buscas y rebuscas la mancha.

—¿Dónde? ¿Qué dices? ¿Esta es la ropa de un muerto de verdad? ¡Yo lo decía para que me animaras y dijeras que no!

—Pues claro que lo es, si no de dónde sale ese manchurrón.

—¡Ni han lavado la camisa del muerto! ¡Dónde está, dónde está?—gritas.

Das una vuelta, y otra, y otra, y otra en el mismo sitio, mirándote por todas partes mientras te retuerces todo lo que puedes, cada vez más agobiado, y Gona se ríe más y más con cada giro.

—¡Ja, ja, ja!

Para tu desesperación, la supuesta mancha no aparece por ninguna parte: no está ni en un lado, ni en el otro, ni por dentro... Hasta que te das cuenta de que tu querido amigo te está tomando el pelo.

—¡Si tuviera una pistola, te metía un tiro, Gona! —exclamas en un arrebato de furia.

A él le cambia la cara, te das cuenta por el brillo de sus ojos.

—¿Puedes repetir eso último que has dicho?

—Que si tuviera una pistola... —repites como si fueras un papagayo—. ¡Ah! Ya sé por dónde vas.

Gona imita una pistola con sus dedos.

—Exacto, ¡necesitamos las pipas!

Casi se os olvida lo más importante. Si queréis sobrevivir en el lejano Oeste, necesitáis ir armados. Por lo que sabéis, las reyertas son el pan de cada día y vosotros, ahora, formáis parte del juego.

Desde la esquina de la tienda del señor Smith, que está en la avenida principal del pueblo, ojeáis los distintos establecimientos que hay por allí: un bar-saloon, un hotel, un almacén, un granero, unas casas que parecen de vecinos y... ¡una armería con una gran pistola colgante de madera encima de la puerta de entrada!

—Mira, Gona —exclamas—, ahí tienen que vender un montón de pistolas. ¡Qué digo un montón! ¡Dos montones, incluso tres!

Ambos miráis a un lado y a otro de la ancha y polvorienta avenida para cruzar. El imponente sol incide en vuestros rostros, ya tienen que ser, por lo menos, las doce del mediodía. No se ve a nadie y el viento levanta pequeños tornados de polvo.

Cruzáis la calzada donde se ven huellas de carretas y caballos, mientras miráis a todas partes con cautela. Os aproximáis a las escaleras de madera que dan paso al pequeño porche cubierto en el que descansa una mecedora bastante destartalada. En una placa de madera que luce encima de la amplia puerta con cristales se puede leer «Armería Smith. Pistolas, rifles, balines y complementos para doncellas». Gona te mira extrañado, pero toma la iniciativa y se adentra en el comercio. Tú no te quedas atrás, eres un blanco fácil en ese pueblo en el que hasta los animales van armados y corres detrás de tu amigo, a ver si a estas alturas te van a pegar el tiro a ti...

La tienda está llena de armas, como es de esperar: pistolas por el techo, rifles por el suelo, escopetas por las paredes... ¡Incluso armas fabricadas con balas! Lo que no se ve por ninguna parte es nada que pueda ser un complemento para una doncella.

—¿Harán pistolas especiales para doncellas? —comenta Gona intrigado.

—No sé si debemos abrir la boca, Gona. Aquí nos acribillan a balazos en menos que canta un grillo...

Tú miras con los párpados tan abiertos el arsenal que os rodea, que estos están a punto de salirse de las órbitas.

—Tienes razón, será mejor que no incordiemos mucho a los dependientes, cuando aparezcan. Que tenemos todas las de perder.

Antes de que os acerquéis un paso más al viejo mostrador de madera, una figura emerge de detrás de una cortina granate algo roñosa como si fuera la aparición de un fantasma.

—Buenos días, soy el señor Smith —saluda un hombre de aspecto enclenque y voz sorprendentemente ronca, con un mono de trabajo grisáceo y encima un delantal lleno de manchas de grasa—, ¿en qué puedo ayudarles?

«¿Señor Smith? ¿Ha dicho señor Smith? ¿Es familia del de la tienda anterior?», piensas hacia tus adentros, y, por la cara que ha puesto tu amigo, él también tiene las mismas preguntas en su cabeza.

—Em... Sí, queríamos hacer unas compras —respondes.

Gona se adelanta.

—A ver, queremos lo que queremos querer. No sé si usted me entiende... —Gona guiña un ojo al tendero y se pone más nervioso si cabe al ver cómo la mirada de indiferencia del vendedor se clava como un puñal en sus ojos.

—No, no le entiendo ni estoy aquí para entenderle. Así pues, no me hagan perder el tiempo, se lo ruego —expone en un tono frío y malhumorado.

Tú, que ya has conseguido templar tus nervios, tomas el relevo.

—Queremos dos armas.

El hombre os mira, pasea la mirada por la tienda y luego os vuelve a mirar. Está claro que vuestra petición no causa sorpresa, más bien crees que debe de pensar que sois un poco tontos. ¡Mira que ir a comprar armas a una tienda de armas!

—El último modelo, ¡eh! —remarca Gona para hacerse un poco el sabelotodo y acompaña el comentario con un gesto. El hombre levanta un dedo flacucho a modo de pausa, pone los ojos en blanco y se retira a la trastienda—. Este es pan comido, ya lo he calado, ¿has visto?

Te alegra que Gona esté tan confiado en una situación difícil. Buscas y rebuscas en tu mochila para ver qué puedes ofrecerle a cambio al dependiente como pago por las armas, pero no encuentras nada que te convenza.

—Miren —dice el vendedor desde el fondo del pasillo—, aquí tengo estos dos modelos recién sacados de la fábrica. —Se acerca y ante vuestros ojos destapa dos revólveres que unos minutos antes estaban cubiertos por una delicada funda de terciopelo y os los muestra—. Con este revólver podéis matar un búfalo con un tiro.

—¡Incluso cien! —grita Gona entusiasmado con el brillo y la forma que tienen. Coge uno—. ¡O dos millones! —exagera ahora que lo tiene entre sus manos y puede sentir el peso y el frío del metal.

El dependiente intenta retirarle la pistola de inmediato.

—En manos expertas —dice mientras aparta a manotazos a Gona— sí, pero en las vuestras...

—¿Cuánto valen? —preguntas sin tapujos.

Gona suelta de golpe la pistola y el dependiente cae para atrás y se golpea torpemente en la nuca con la culata del rifle que está colgado justo detrás de él. Acto seguido, cae redondo al suelo.

Vosotros saltáis el mostrador, preocupados y os ponéis alrededor de él. Empezáis a darle aire con las manos para ver si reacciona.

—Oiga, señor Smith, ¿está usted bien? —le preguntas.

—¡Eo, eo, eo! ¿Crees que son horas para echarse una siesta? Además, así, de golpe —le reprocha tu amigo.

Tú te giras hacia él.

—Gona, que se ha desmayado con el porrazo... —le respondes.

Él no parece conforme con la explicación y el señor Smith sigue sin moverse.

—Ya, ya, eso es lo que nos quiere hacer creer. Lo que pasa es que le has aburrido con tus preguntas y, claro, ahora no hay nadie capaz de despertarlo.

Tú suspiras.

—¿Qué propones que hagamos, Gona?

Él respira hondo y sonríe.

—Vamos a comprarle las armas —afirma.

—¿Cómo? Si, ¡míralo! —respondes—, está más que dormido, está inconsciente.

Tu amigo se levanta y camina por el estrecho pasillo que divide la estancia en dos. Está pensando: lo sabes porque no para de acariciarse la barba.

—Sencillo, saca de tu mochila algo que este buen señor quiera tener.

Tú piensas y piensas, pero no se te ocurre absolutamente nada. ¿Qué le podría interesar a un vendedor de armas?

—No sé, Gona, no tengo ni idea. Como no le dejemos el mechero que antes le querías ofrecer al otro...

Él agarra tu mochila y la abre.

—¿No se supone que aquí también venden complementos de mujer? Seguro que tu ropa les viene genial. ¡Ja, ja, ja! —Te mira—. Y lo digo en serio. —Saca de tu mochila la ropa que antes llevabas y la coloca al lado del hombre que sigue sin moverse—. Hala, con esto ya hemos pagado de sobra. Coge las dos pistolas: una para ti y otra para mí, y un par de balas. Pues sí que es fácil comprar armas en este pueblo.

Agarráis las armas, os las ponéis entre la barriga y el cinturón, Gona coge las balas, se las mete en el bolsillo y os dais la vuelta. Dejáis al señor tumbado en el suelo y con tu ropa en un lado, acompañada de una nota de Gona en la que le da las gracias por ser tan comprensivo. Esperas que el trato le convenza y no se enfade mucho con vosotros, no quieres tener de enemigo al dueño de una armería.

Al salir de la tienda, decidís que lo mejor que podéis hacer es esconderos detrás de unos matorrales medio secos que hay por ahí o, al menos, observar discretamente lo que pasa disimulando en alguna zona en la que no se os vea demasiado: alguien podría encañonaros y meteros en un buen lío antes de comenzar vuestra aventura. Pero no se ve nada que pueda serviros de escondite o de refugio temporal.

—Ya tenemos la ropa adecuada y vamos armados, aunque no tenemos ni idea de cómo usar estas pistolas. ¿Qué es lo próximo? —preguntas.

Tu amigo juega con el arma: mete una bala, la saca, hace girar el cargador, finge encañonarte...

—Pues, digo yo que el Coyote tiene pinta de ser un tipo duro, rudo, malote, osado... ¡Un auténtico bandolero del lejano Oeste! ¿Quién puede conocer a este tipo de personas? —pregunta a la par que sus ojos empiezan a brillar—. ¡Claro! —exclama.

—No tan claro... No tan claro... —respondes—. Y deja de jugar con la pistola, que me pones nervioso.

Él se levanta y otea el horizonte sin hacer caso a lo último que has dicho.

—Allí, justo allí —señala Gona—. ¡Venga, vamos, no hay tiempo que perder!

Tu amigo tira de ti y no te queda otra opción que dejarte llevar. «Supongo que sabrá lo que hace», piensas mientras caminas hacia lo desconocido.

★ ★ ★

Los carteles desgastados quedan ocultos entre los restos de papeles y clavos que decoran el tablón que se encuentra justo a las puertas del puesto del *sheriff*.

—¡Ah, ahora caigo! —exclamas con alegría. Si el Coyote es un malhechor, un vándalo o algo por el estilo, el *sheriff* seguro que está al tanto de ello. «Este Gona es un genio», repites en tu mente.

—¿Ves cómo tenía razón? Ahora, escúchame —te avisa y mete la pistola de nuevo entre el cinturón y la barriga—, tenemos que comportarnos como auténticos vaqueros; no podemos levantar sospechas.

Asientes con un gesto.

—Vale, vale, lo que tú mandes —confirmas y te adelantas a Gona. Enfrente de ti se encuentra una puerta bastante vieja y delgada— Hola... —comienzas a decir.

—¡Busco al *sheriff* de esta ciudad! —grita tu compañero después de darle una ruidosa patada a la puerta y de que esta se venga abajo. Te quedas mirándolo con los ojos como platos, la boca desencajada y la mano en el corazón que palpita a mil por hora. ¡Te ha dado un susto de muerte!

Al otro lado, detrás de un escritorio de la misma edad de la puerta, se encuentra un señor bajito, rechoncho y con un sombrero de cuero tan sumamente grande que apenas te permite fijarte en su cara.

—¡Ya está bien! ¡Ya está bien! Esto es lo que me faltaba: que irrumpan en mi comisaría a golpes. No, ¡eso sí que no!

El hombrecillo, enfadadísimo, se baja de su silla de un respingo, lo que delata su verdadera altura: todavía menor de lo esperado.

—¿Qué sucede, buen hombre? —preguntas ya más tranquilo, sobre todo al ver el tamaño del *sheriff*, en un tono más amistoso y calmado.

Él, que camina de forma frenética a un lado y a otro haciendo aspavientos, se detiene en seco y se dirige a ti.

—¿Cómo que qué me pasa? Que estoy harto de este maldito lugar.

Mientras tú te dispones a hablar con el *sheriff*, Gona aprovecha para revisar a fondo la lista de los malhechores y bandidos más buscados: desde los anuncios que ofrecen recompensa hasta los que ofrecen un plato de comida.

—No se ponga usted así —dices en tono conciliador—, si es usted una eminencia: un auténtico héroe para todos —dices sin saber muy bien si es la verdad o no.

El *sheriff* se vuelve a mirarte a la vez que con las dos manos se sujeta el sombrero para que no se le caiga hacia atrás.

—No, te estás equivocando. Aquí nadie me hace el menor caso. ¡Mira, mira! —exclama cuando se abre la chaqueta y te muestra su chaleco lleno de agujeros—. El chaleco está roto por todos los lados. —Cada pocos centímetros hay restos de impactos de perdigones—. Esto no hay cuerpo que lo aguante, hombre —se lamenta.

No sabes muy bien qué decir. Lo mejor que puedes hacer es aguantar la chapa para que el *sheriff* se desahogue.

—Vaya, pues sí que es un fastidio —comentas.

—Aham... Interesante —dice Gona sin apartar la vista de la pared, como si estuviera prestando atención a la conversación.

—Y, además de eso, ¡mirad, mirad! —Os arrastra hacia la puerta y os hace mirar hacia el porche—. Mi caballo, mi pobre Centella está agotado, ¡no tiene potencia! Y no es que yo esté gordo, porque es bien sabido que la cecina adelgaza, sino que es mayor y ya no puede perseguir ni a una mosca. —Vuelve a llevaros dentro—. ¿Vosotros pensáis que así voy a poder proteger a mi gente y capturar a todos estos pillos? ¡Es imposible!

—¡Tiene usted más razón que un santo! —dice Gona—. Debería mandarlos a freír espárragos.

El señor, bastante enfadado, da una patada tan fuerte al escritorio que consigue romperse una de las espuelas.

—¡Rayos y maldiciones! ¡Decidido, me largo! No tengo por qué soportar esto más tiempo —grita a la par que se arranca la estrella y la deja sobre la mesa—. Ahora sí que me marcho de este sitio infecto. Quien quiera peces que se moje el... —Ni siquiera termina la frase, sale como una furia por el hueco de la puerta y al momento oís el galope del caballo.

—Pues para estar agotado, ese caballo corre que se las pela —comentas mientras ves cómo se aleja el *sheriff* dejando detrás de él una nube de polvo.

Gona se acerca a la mesa y observa el distintivo policial: un bello ejemplar de una estrella de seis puntas bañada en oro.

—¡Es perfecta para cortar *pizza*! —dice Gona fascinado.

SHERIFF
TERRITORY

Al cabo de un rato, y de husmear por todos los cajones, estantes y demás muebles, no obtenéis ningún dato sobre ese tal Coyote.

—Anda que tú también tienes unas ideas... —respondes—. ¿Y qué se supone que vamos a hacer ahora?

Tu amigo respira profundamente sin levantar la vista de la placa.

—Qué te parece si...

4A ... conocemos un poco más a fondo a los habitantes de este pueblo??? (pg. 67)

4B ... charlamos un rato con un «peligroso forajido» (pg. 77)

★ 4A ★

GONA, EL BUENO Y EL MALO

Una vez de nuevo en la polvorienta calle, os quedáis mirándoos un momento sin saber muy bien qué hacer.

—Bueno, al lío —dice Gona muy resuelto—. A ver si encontramos a alguien que nos pueda ayudar a dar con el Coyote.

—No sé —respondes y señalas a tu alrededor—, aquí no parece haber nadie.

—Eso lo veremos, vamos a llamar a esa puerta —dice tu amigo mientras se dirige hacia una casa que tiene una calavera de vaca colgada en la parte de arriba de la puerta. Cuando llega da dos fuertes golpes que hacen que salga polvo hasta de los cuernos.

—¿Hay alguien ahí? Queremos hacerle una pregunta.

La puerta se abre con un chirrido y una viejecita muy arrugada asoma por la rendija.

—¿Qué queréis, forasteros? —dice con una voz ronca bastante sorprendente.

—Queremos saber si usted conoce a un bandido al que llaman el Coyote —dices.

—Podría ser.

—¿Sabe o no sabe? —te impacientas.

—Depende.

—¿De qué depende?

—De si me interesa decirlo o no —sigue la vieja con un tonito bastante sabiondo.

—A ver, señora —corta Gona—, ¿qué quiere a cambio de darnos la información?

—Eso es otra cosa. Coged ese saco de patatas y se las lleváis a mi prima que vive al final de la calle, se las enseñáis, le decís que si me viniera a visitar se las regalaría, pero que como no lo hace, que se chinche, y volvéis con el saco.

—¡Pero qué absurd...! —exclamas, pero Gona te corta.

—Encantados, señora, venga, coge el saco.

Renegando, cargas con el saco y sigues a Gona que ya va a paso ligero hasta la casa de la prima. Mientras, la vieja les vigila desde mitad de la calle.

Cuando llegáis a casa de la prima estás que no puedes más, sueltas el saco y te sientas encima con un resoplido.

—De verdad que ya le vale a la señora.

—Calla, quejica. A ver, ¡¡prima!!, que tenemos un recado que darle —tu amigo se pone a dar voces.

Una señora con los pelos todos alborotados se asoma por una ventana y os grita a su vez.

—Si es de la loca de mi prima, que se vaya a freír espárragos.

—A mí me da igual —dice tu amigo—. Por cierto, ¿sabe dónde encontrar a un tipo al que llaman el Coyote?

—Podría saberlo o no.

—¡Pero qué le pasa a esta gente! —exclamas mientras te levantas el sombrero y te limpias el sudor que te cae a chorros por la cara.

—Igual os lo digo si vais a la casa de enfrente y me decís si hoy comen lentejas o asado.

—¡Y qué más da lo que...! Está bien, allá voy. —Acabas por decir resignado. Gona te da una palmadita y mientras te diriges a hacer el nuevo recado, la señora sale de la casa y se planta en medio de la calle. Allí se queda cruzada de brazos, mirando a su prima la vieja, que le lanza gestos amenazadores.

La casa de enfrente está algo más arreglada que el resto, tiene unas plantas en macetas colgando del porche y cortinas. Eso te anima.

—¡Buenas! —gritas mientras te asomas por una ventana que hay al lado de la puerta—. ¡Tengo un recado que darle!

—Buenas serán para usted, señor mío. —El hombre ha salido de repente por la puerta de atrás—. Usted dirá.

Vuelves la vista hacia Gona, que te anima con un bailecito.

—Verá usted, el caso es que su vecina de enfrente quiere saber qué tiene para comer.

—Y yo quiero saber si mañana llueve. No te fastidia. Vete y dile que no pienso invitarla más, que come mucho.

—Vale, pero antes, ¿podría darme una información?

—Depende.

—¡Ya empezamos! —dice Gona en la distancia.

—¿Le importaría decirnos dónde podemos encontrar a uno al que llaman el Coyote?

—Sí me importa. Si quieres que te lo diga me tienes que hacer un favor.

—Vaaleee... —dices con un encogimiento de hombros—. ¿Qué quiere que haga?

—Coge esa pala y ese rastrillo. ¿Ves ese montón de estiércol? Pues quiero que lo metas en la carretilla que está al lado.

—De acuerdo —accedes mientras le haces una seña a Gona para que se acerque—. Se lo hacemos mi amigo y yo, pero luego me dice dónde está el Coyote.

—Ya veremos. A ver cómo me terminéis el trabajo.

Gona se queda a tu lado sin saber qué hacer, así que le das el rastrillo y os dirigís al montón de abono.

—¡Qué asco! —dice Gona—. Yo no pienso tocar esa porquería. Solo falta que me manche.

—Pues lo haces con cuidado, que si no este tipo no nos da la información.

Gona se pone a tu lado y con cara de repugnancia empieza a mover el rastrillo agarrándolo por el extremo del palo y haciendo equilibrios. En realidad, está simulando que hace algo. Mientras tú, con la pala, te dispones a acabar de una vez con la tarea.

El hombre se planta en medio de la calle y se queda mirando cómo empezáis Gona y tú —bueno, más bien tú— a recoger el estiércol. De cuando en cuando lanza miradas a la vecina de enfrente, que sigue haciendo gestos amenazantes a su prima.

—Vas a oler fatal. Te lo digo como amigo —te dice Gona con toda la inocencia.

—Ya lo sé. Si me ayudaras, acabaríamos antes.

—Si te estoy ayudando. Yo dirijo la operación. Mira, ahí se ha quedado un poco de boñiga.

—Gracias, pero podrías cogerla.

—Si ya casi has acabado.

Gona tiene razón, la tarea es tan desagradable que te has dado muchísima prisa y en cuatro paladas está hecha. Suspiras y te acercas a un cubo con agua que hay cerca de la casa para lavarte.

—¡Jefe! Esto ya está —grita Gona—. ¿Nos dice dónde está el Coyote?

El hombre se vuelve hacia vosotros. Ni se acuerda del trato que tiene, entretenido como está en hacerle burla a la vecina.

—Eh, esto, el Coyote..., eso lo sabe mi compadre Tadeo. Llevadle este paquete y seguro que os lo dice.

—¿Y dónde vive ese Tadeo? —preguntas casi desesperado.

—Al lado de la vieja esa loca del fondo de la calle.

—Esto no tiene fin —dices con desaliento.

—Tranquilo, seguro que Tadeo es supermajo —te anima Gona. Es lo que más te gusta de él. Siempre ve la parte buena de las cosas.

—Vale, pero deja que me lave un poco.

—Frota, que estás apestoso.

Mientras te restriegas con fuerza, Gona te va señalando:

—Aquí un pegote, ahí, menudo asco, sacude el sombrero...

Cuando estás más o menos aseado Gona te da el visto bueno. Con paso ligero os dirigís a realizar el próximo recado. La casa de Tadeo está casi pegada a la de la vieja del principio, y tiene un aspecto bastante ruinoso. Al llegar al porche, que parece que se va a caer en cualquier momento, oís unas voces a vuestra espalda. La vieja, la prima y el vecino se han unido en el centro de la calle y están empezando a hablar a gritos. Os miráis y decidís seguir con lo vuestro.

—¡Tadeo! —grita Gona mientras golpea la puerta—. Sal, que tenemos que darte una cosa.

—¿Qué cosa! —contesta una vocecita que no sabéis muy bien de dónde sale.

—Un paquete. También te queremos hacer una pregunta.

Un señor con aspecto asustadizo, con un enorme sombrero y un chaleco bastante sucio, sale por una puerta lateral que no habíais visto y se acerca con cara de curiosidad.

—¡Un paquete! —exclama—, qué ilusión. Y una pregunta, qué fastidio.

El comienzo no es muy bueno, pero no os desanimáis.

—Tenga, amable caballero —dice Gona—. Y ahora, ¿nos puede decir dónde podemos encontrar al Coyote?

—¿Quién manda el paquete?

—El señor que vive al fondo de la calle, el que está dando voces con las primas en medio de la calle —dices haciendo un gesto hacia el grupo que cada vez es más escandaloso. De hecho, ya están empezando a darse manotazos y a soltar alguna patada.

—¡Será posible! Se va a enterar —el hombre se arremanga la camisa y a toda velocidad se va hacia el grupo de pendencieros y se une a la discusión.

—Y ahora qué hacemos —dices con cara de tonto y el paquete en las manos.

—De momento, abre el paquete a ver qué tiene.

Gona te quita el bulto y en un periquete ya ha roto el envoltorio y la cuerda y rebusca en una caja de cartón. Dentro de la caja hay un papel que pone «Tonto el que lo lea».

—Esto no tiene ni pies ni cabeza, pero qué gente más rara —dices. A Gona le ha dado un ataque de risa y se está aguantando la barriga.

—Rara sí, y son la monda.

—Ya, pero no nos dicen dónde está el Coyote.

—Es verdad, vamos a sacárselo de una vez.

Os acercáis a los cuatro que siguen a voces y os quedáis a un metro de distancia. Entre los gritos, los manotazos y el polvo que levantan no hay manera de que os hagan caso.

—A ver, buena gente, cálmense, que así no se puede hacer nada... ¡Eh! ¡Se acabó la tontería! —grita Gona con un vozarrón que parece que se aproxima una tormenta.

Los cuatro se quedan paralizados y le miran. Ha conseguido que por lo menos le hagan caso y tú estás admirado.

—Señores, señoras, sé que sus intenciones son buenas, que todos son amigos y se quieren. —Los aludidos se miran con los ojos entrecerrados y gruñendo, no saben muy bien por dónde va a salir el forastero—. Son buenos vecinos. Y ¿qué mejor para demostrar lo buenos vecinos que son que ayudar a estos dos pobres, aunque atractivos muchachos, que hemos venido de muy lejos con una misión?

—¿Qué dos muchachos? —dice la vieja.

—Nosotros somos los muchachos —respondes enseguida para apoyar a Gona.

—Exacto. Somos dos valientes que venimos a salvar a este pueblo de bandidos y forajidos.

—¿Foraqué? —dice Tadeo.

—Forúnculos —contesta la prima.

—¡Que no! —exclamas—. Forajidos, maleantes, malhechores.

—Pues eso —continúa Gona—. Nos han hablado de un tipo peligroso, el Coyote. Vamos a por él y devolveremos la paz a este pueblo.

—A mí me importa un pito —dice el vecino del estiércol—. No tengo forúnculos y a los bandidos me los meriendo de dos tortazos.

—No tengo la menor duda, caballero —Gona sigue sin perder la compostura—. Pero ¿no es mucho mejor que alguien haga el trabajo por usted? Ya lo ha comprobado hace poco. —Gona señala la carretilla llena de abono.

Los cuatro vecinos se juntan en un corrillo y empiezan a cuchichear. Se dan codazos, se apuntan con los dedos unos a otros, discuten y os miran de reojo.

—Está bien —dice Tadeo que se ha convertido en el portavoz—. Os lo diremos a cambio de...

—¡A cambio de nada! —exclamas—. ¡Les parece poco librarles de un peligroso forúnculo, digo forajido!

Los cuatro se vuelven a apiñar. Las negociaciones parece que llegan a su fin y Tadeo vuelve a tomar el mando.

—Hemos deliberado y os vamos a decir dónde creemos que puede estar el Coyote. En el *saloon* se va a celebrar una partida de póker entre los bandidos de la comarca. Solo se puede entrar en la partida apostando mucho dinero. Si el hombre al que buscáis tiene muchos dólares y quiere jugárselos, ahí estará.

—Pues esperemos que sea así —dices.

—Y ahora, encantadoras señoras, educados caballeros, cada uno a su casa, que se ha hecho tarde. —Gona les hace gestos a los vecinos y se inclina en una profunda reverencia. Estos se miran desconcertados ante ese lenguaje tan florido y no tienen otro remedio que irse. Cuando se han alejado lo suficiente, Gona te hace un gesto con la cabeza para que te acerques.

—Y ahora tú y yo nos vamos al *saloon*. ¿Has visto?, si no hay nada como ser bueno y amable.

—¿Entonces yo soy malo? —le picas.

—Je, je, je. Bueno, yo soy el guapo y el bueno, alguien tiene que ser el malo. —Con una sonrisa te enseña dos monedas de oro.

—¿De dónde las has sacado? —exclamas con los ojos como platos.

—Cuando esos locos discutían y se daban de mamporros a alguno se le cayeron. La reverencia era un truco para cogerlas del suelo sin que lo notaran. —Gona sonríe con picardía.

Lo miras con admiración, la verdad es que tu amigo es muy ocurrente.

(Ve a la página 89: te espera una interesante partida).

4B
CORRE, CABALLITO, CORRE

—A ver qué encontramos por aquí. —Gona se frota las manos y lanza una mirada a su alrededor.

Te fijas en que el puesto del *sheriff* está algo descuidado, pero nunca se sabe, igual encontráis algo interesante. Apenas tiene una mesa, una silla y una estantería destartalada en la pared del fondo. Mientras revisas los carteles, Gona va vaciando la mesa del escritorio.

—Un lápiz mordido, una goma de borrar toda sucia, un tenedor, un papel arrugado, un frasco vacío...; aquí no hay nada que nos dé una pista.

—Por aquí tampoco lo parece —añades—, estos carteles de «Se busca» están tan viejos que hasta se los han comido los ratones, además, ninguno de estos bandidos se llama el Coyote.

—A ver en esta estantería.

Os dirigís hacia el mueble con pocas esperanzas, solo se ven libros de apuntes polvorientos y botellas vacías. Revolvéis todo con un poco de asco, aunque ahí tampoco parece haber nada, solo arañas con sus telas. «De verdad que no puedo con las arañas», te dices en tu cabeza.

—No vais a encontrar nada. —Una voz que parece salida de un pozo os hace dar un respingo—. Igual yo puedo ayudaros.

—¿Quién eres y dónde estás? —pregunta Gona.

—Primero me sacáis de aquí —contesta la voz.

—Pero ¿dónde estás? —insistes por tu parte.

—Empujad la estantería por el lado de la derecha.

Gona y tú os ponéis manos a la obra. La estantería parece muy pesada, pero en realidad no lo es, se trata de un decorado. Al correrla queda al descubierto una celda con sus rejas y su preso. El hombre está agarrado a los barrotes, da pena verlo, esmirriado, todo sucio, con la camisa de cuadros medio rota, medio remendada, el pelo revuelto, el sombrero atado al cuello y colgando por detrás. Tiene los ojos vidriosos, llenos de lágrimas.

—¡Anda! Mira dónde estaba el calabozo —exclama Gona dando palmas.

—Sacadme de aquí —dice el preso.

—Un momento —replicas—. En primer lugar, ¿cómo te llamas? ¿Coyote? Y si no eres el Coyote, ¿por qué estás encerrado? No queremos soltar a nadie peligroso.

El preso pone cara de bueno.

—Pero si soy una bellísima persona.

—Claro —dices—, por eso te encerraron, no me digas más.

—Oye, que a veces la gente se equivoca. —Gona se ha colocado del lado del preso y tú lo miras enfadado. Lo arrastras a un rincón. Haciendo muchos gestos, te pones a cuchichear para que el hombre no te oiga.

—Si le das la razón no nos va a decir nada.

—Y si le preguntas si es bueno, no te va a decir que es malo.

—Pues tienes razón, ¿qué hacemos?

—De momento, mientras no nos diga nada, no le soltamos.

Volvéis a las rejas; mientras hablabais el preso, aburrido, se ha quedado medio dormido en el camastro.

—¡Eh, despierta! —le gritas.

De un brinco, el hombre ya está otra vez agarrado a los barrotes poniendo cara de no haber hecho nunca nada malo.

—¿Cómo te llamas? —pregunta Gona.

—Billy el Tiquismiquis.

—Qué divertido —se entusiasma tu amigo—. ¿Y por qué te llaman así?

—Porque soy muy perfeccionista y me gusta que todo salga bien.

—Pues no sé yo si eso es verdad, si no, a ver qué pintas en el calabozo, lo que hicieras no te ha salido precisamente bien —dices.

—No fue culpa mía. —Billy el Tiquismiquis baja la cabeza con pesar—. Si me hubieran hecho caso... Todo lo tenía perfectamente planeado, éramos tres, yo el jefe, por supuesto. Llegábamos al banco, nos tapábamos las caras con pañuelos para que nadie nos reconociera, apuntábamos al cajero con las manos en los bolsillos como si tuviéramos pistolas, este nos daba el dinero y nos íbamos corriendo.

—¿Qué salió mal? —Gona ha cogido la silla, se ha sentado como para ver una función de teatro y escucha embobado.

—Pues que mi mamá estaba esperando para que le dieran cambio para el pan, y cuando reconoció el pañuelo con el que me tapaba la cara se lio a darme collejas por habérselo quitado. Así no hay quien atraque ni quien haga nada. —Dos lagrimones se le caen a Billy por las mejillas.

—Ja, ja, ja, pero qué atraco más chapucero —Gona se parte de risa—. ¿Y qué pasó luego?

—Pues que con el lío llegó el *sheriff*, mis colegas al verlo salieron corriendo y, como mi mamá me tenía agarrado por el cuello, me cogió preso.

—Oye, no te preocupes —dice Gona—. Te sacaremos de aquí, ¿dónde está la llave?

—Colgada de un clavo detrás de la puerta de entrada. —Billy se suena los mocos con la manga—. Sois muy buenas personas, aquí tenéis un amigo para lo que sea, Billy el Tiquismiquis nunca olvida una deuda...

—Vale, vale —le dices mientras coges la llave que pesa un montón—. No sé si nos conviene de amigo un tipo como tú.

—Bueno, yo creo que sí. —A Billy el Tiquismiquis se le pasa el disgusto nada más salir del calabozo—. He oído que buscáis a un tipo llamado el Coyote.

—¿Sabes dónde está? —Gona se pone de un salto enfrente de él cortándole el paso.

—Es posible.

—¿Le conoces? —insiste tu amigo.

—Se puede decir que somos como hermanos. —Billy el Tiquismiquis se está poniendo chulito y que conozca tan bien al Coyote te resulta inquietante.

—Vale —dices con precaución—. Somos dos, si eres un forajido peligroso, te metemos otra vez en la celda y tiramos la llave a un pozo.

—Que no, que no —se agobia Billy el Tiquismiquis—, que no somos tan amigos, je, je, je. Cómo os ponéis por una bromita de nada. Lo conocí un día en una feria de caballos. Le encantan los caballos, sobre todo las carreras de caballos, apostar y todo eso. ¡No me volváis a encerrar, que mi mamá me castiga otra vez!

—Bueno, vale —te convence—. Dinos dónde podemos encontrar al Coyote.

—Cruzáis el pueblo en dirección al río. En esta época está seco, por lo que de vez en cuando se organizan en el cauce carreras de caballos ilegales. Lo más seguro es que le encontréis allí.

—Vaya, pues no va a ser difícil. Gracias chaval. —Gona le palmea la espalda—. Y a partir de ahora a ser bueno y no dar disgustos a mamá.

—Vale, vale. Adiós.

Billy el Tiquismiquis hace un gesto rápido con la mano, de un salto se planta en la puerta y sale corriendo a una velocidad de vértigo.

—¡Vamos! A las carreras —Gona está emocionado y hace como que cabalga, da vueltas con las riendas imaginarias y empieza a dar relinchos.

Salís a la calle polvorienta. El sol cae vertical y hace mucho calor. De Billy el Tiquismiquis no hay ni rastro.

—¿Dónde estará el río? —dices mirando alrededor haciendo visera con la mano para proteger los ojos y ver mejor.

—Tiene que ser por ahí —responde Gona mientras señala un punto no muy lejano—. Hay unos árboles, aunque parecen algo secos; donde hay vegetación es porque en algún momento hubo agua.

Asientes admirado por la intuición de tu amigo y lo sigues con una pequeña carrerita, pues ya se ha puesto en marcha. Os separan unos setecientos metros de los árboles. A medida que os acercáis empezáis a oír ruidos que os dan pistas de que vais por el buen camino: relinchos, golpes de cascos, gritos, discusiones...

—Oye —dices con cierta prevención—, espero que no nos metamos en algo peligroso, si son carreras ilegales no sé yo si...

—Nada, nada, seguro que llegamos y triunfamos.

Tu amigo es un optimista total. Eso te da mucha seguridad.

El cauce seco del río, en efecto, se usa como pista para las carreras. Unos diez caballos, muy nerviosos, patean el suelo, relinchan, bufan y levantan remolinos de polvo. Encima, los jinetes aguantan el tipo, haciendo todo lo posible para que los animales se mantengan detrás de la cuerda que indica la línea de salida. Unos hombres con carpetas y sombreros negros de copa parece que ponen orden en el grupo. «Deben de ser los jueces», piensas.

En las dos orillas del cauce se amontonan unos quince o veinte tipos cada cual con aspecto más siniestro. Cuando estáis a pocos metros, todos se dan la vuelta y se quedan mirándoos en silencio. Las piernas te empiezan a temblar. Esos individuos con barbas sucias, miradas retorcidas y sonrisas poco amistosas no parece que os vayan a recibir muy bien.

—Buenas tardes, caballeros —dice Gona con entusiasmo—. Hemos oído que aquí se celebra una carrera con mucha clase y fama, ¡qué interesante!

—¿Vais a apostar? —grita un tipo con cara de pocos amigos y una navaja asomando por el bolsillo de la camisa.

—Sí, sí, por supuesto, señor, señor..., ¿no será por casualidad el señor Coyote?

—No —bramó el aludido—. Saca el dinero.

—Vale, vale, suponíamos que estaría por aquí y le queríamos saludar.

—Ese hoy no viene —grita uno con un chaleco lleno de lamparones—. Hay partida de póker en el *saloon*.

—Ah, bueno, pues no les molestamos más —empiezas a decir—. No queremos molestar.

—¡Que empieza la carrera! ¡Hagan sus apuestas! —apremia un señor mayor con una caja llena de dinero colgada por unas cintas al cuello. También lleva un sombrero de copa negro.

—Apuesto una moneda —le dice Gona.

—¡Estás loco! No tenemos dinero. —Tiras de tu amigo.

—No importa. —Gona te guiña un ojo—. Mira el caballo marrón con las patas blancas, ese pierde seguro. ¡Eh, el de la caja de las apuestas! Mire aquí, no aquí, no aquí... —Gona está mirando por todos los bolsillos—, no, qué tonto, si lo tengo en la bota. —Mientras, el hombre de las apuestas le mira la bota y al hacerlo se le cae el sombrero, por lo que suelta la caja para sujetarlo; Gona, veloz como un rayo, aprovecha la distracción para birlarle una moneda de la caja—. Ah, no, aquí está. Buen hombre —dice enseñándole la moneda—. Apuesto esta moneda a que el caballo marrón pierde.

—¿Apuesta a que pierde? Eso no tiene sentido. —El hombre se recoloca el sombrero y agarra de nuevo la caja.

—Bueno, apuesto a que pierde.

—Déjalo —exclama con un vozarrón un señor enorme que parece el jefe—. A ver el listillo.

Tú estás que un sudor se te va y otro se te viene. Esos tipos tienen pinta de ser muy peligrosos y tu amigo parece demasiado seguro.

—Preparados, listos, ¡ya! —Da la salida de repente uno de los jueces de la pista agitando un pañuelo.

Para tu asombro, Gona sale disparado hacia los caballos, el caballo marrón con patas blancas va el primero. Gona, en plena carrera, abre la mochila, saca una zanahoria y con disimulo la lanza a la pista. El primer caballo que la ve, lógicamente, es el que va delante. Ante la desesperación del jinete y las risas del público, el animal se para y se pone a comer con tranquilidad mientras el resto le adelanta.

—¡Eres un genio! ¿Cómo sabías que se iba a parar? —exclamas eufórico mientras das saltos y abrazas a tu amigo.

—Fácil —dice él con superioridad—. Ese pobre caballo no ha comido en días, se nota en que es el más delgado con diferencia. Le ponen en la meta comida para que corran más, pero se lo he fastidiado.

Estás fascinado, nunca se te habría ocurrido una treta semejante.

—Mi dinero —dice Gona al hombre de las apuestas.

—Vale, aquí tiene su moneda y otra que ha ganado. —El hombre baja la voz—. Les recomiendo que se marchen de aquí lo antes que puedan, estos jugadores tienen mal perder.

En efecto, todos los que habían apostado por el caballo marrón con patas blancas, que son muchos, se os están acercando con caras de pocos amigos. Os miráis un segundo y, como si os hubieran dado el empujón de vuestra vida, salís disparados en dirección al pueblo.

Otra vez en la calle principal, os paráis y comprobáis que nadie os sigue. Para vuestro alivio, todos se han quedado

comentando la jugada en el río. Os sentáis en el suelo, la carrera y los nervios os han dejado con el corazón a mil por hora y necesitáis recuperaros.

Al cabo de un rato, Gona saca las dos monedas.

—Ahora, vamos a jugar al póker.

5

EL FAROL

Os situáis frente al *saloon* y por fuera es tal cual aparece en los videojuegos: unos escalones dan acceso a una plataforma de madera, sujeto por unos postes hay un amarradero en el que cuatro caballos, dos marrones y dos negros con manchas blancas, con aspecto de estar aburridísimos, permanecen atados por las riendas. Un pequeño porche da sombra a la fachada, también de madera, de una construcción de un solo piso. Dos ventanas bastante pequeñas y con los cristales rotos enmarcan la entrada, con puertas abatibles de persiana, que da acceso a un local en penumbra del que salen mezclados ruidos de vasos, risas y de vez en cuando algún golpetazo.

—¡Mira, podemos atar el caballo! Por cierto, ¿dónde está nuestro caballo?, ¿ya lo hemos perdido? —exclama Gona haciendo aspavientos—. No te puedo dejar a cargo de nada.

Tú lo miras extrañado. Parece que tu compañero de viaje está tan sumamente metido en la época que hasta tiene alucinaciones.

—Si te refieres al caballo de madera que te compraron cuando eras pequeño, está en el desván, como todos los trastos que ya no te interesan. Además, te recuerdo que fuiste tú quien casi acaba con la vida del señor Burbuja, mi pececito —respondes algo mosqueado.

Él no te hace mucho caso y sube un peldaño de la escalera de la entrada. Te fijas en sus botas, que están llenas de polvo, revisas las tuyas: están exactamente igual de sucias.

—Ñañañaña... —se burla de forma descarada—. ¡Yo no hice nada a tu querido señor Burbuja! ¡Él no me dijo que quisiera comer!, ¿cómo iba a saber yo que tenía que echarle su comida? Ni que fuera yo un adivino... En fin, vamos a buscar al Coyote, que te entretienes con cualquier cosa.

Tú te quedas con la palabra en la boca, ¡jolín, era tu pez y casi se lo carga! Menos mal que solo tuvo que cuidarlo un día. Así que algo enfurruñado le sigues.

Atravesáis la puerta del *saloon*. Como está en penumbra y venís deslumbrados por la luz de la calle, al principio no veis nada. Poco a poco los ojos se acostumbran y os encontráis con la tópica y más que típica estampa: señoritas, que para tu gusto están excesivamente pintadas, bailando un can-can en un escenario situado al fondo de la estancia; un pianista con más años que la madera del instrumento que aporrea con más entusiasmo que conocimientos musicales; un barman sirviendo zarzaparrilla, aguardientes de colores extraños y jarras de cerveza aguada tras una alta barra bastante pringosa por detrás de la que se ve una estantería de espejo llena de botellas con licores y vasos no muy limpios; varias mesas con pequeños agujeros, recuerdo de algún balazo mal dado, encharcadas por los restos de bebida; camareras con moños altos haciendo equilibrios con las bandejas, y sillas remendadas. Ambos dais dos pasos al frente y, en vez de detenerse el mundo, como pensabais que pasaría, el personal os ignora por completo.

—¡Vaya timo! —comentas—. Lo normal es que el pianista pare de tocar, las camareras nos miren con asombro...

—No nos miran porque vamos muy bien camuflados. —Gona siempre está convencido de todo lo que dice.

—¿Tú crees?

Gona se da cuenta de que algo más interesante se está guisando en ese lugar y te hace un gesto para que te calles.

—Mira —te dice—, fíjate bien en ese grupo del fondo que no levanta sus ojos de la mesa.

—Es verdad —replicas. Sin duda, es la mesa más grande de todo el local, tiene espacio suficiente para seis jugadores, aunque solo hay tres, y está colocada en el lugar más discreto: al fondo; de esta forma nadie interrumpe a los participantes excepto el personal del *saloon* para abastecer a los jugadores de cecina pasada, jarras y copas. Una lámpara de cristal verde y metal, bastante grande y que parece funcionar con gas o con algo parecido, cuelga del techo e ilumina la escena. ¡Es la timba de los jugadores de póker!

Por un momento te preguntas qué hacer, pero Gona ya ha tomado la iniciativa y ha puesto rumbo hacia la mesa. Tú lo sigues de cerca, no vaya a meterse en un buen lío y eche a correr sin ti.

Camina decidido, haciéndose notar, pisando de forma exagerada hasta tal punto que levanta el polvo de los sucios tablones que conforman el suelo.

—Hola, vaqueros, ¿qué hay de nuevo? —pregunta tu amigo con un tono más que fingido.

Dos de ellos alzan la mirada del abanico de cartas que pliegan al momento de veros.

—Hola... —dices de forma tímida, con bastante indecisión.

Un jugador se levanta, el más grueso y bajito de todos. Su escaso pelo negro está protegido por un gran sombrero blanco con una estrella en medio.

—¡Hola, buena gente! ¿Qué os trae por aquí? —pregunta a la vez que extiende la mano hacia vosotros.

Vosotros lo recibís con una sonrisa y le estrecháis la mano, hecho que él aprovecha para dejaros los dedos magullados. Sus palabras y el gesto parecen amables, pero la cara y la expresión retorcida no hacen que parezca muy sincero.

«Este tío tiene manos de asesino», piensas. Gona sigue sonriendo y zarandeándole la mano hasta que aquello casi se convierte en un tango.

—Me llamo Patison —dice y suelta una carcajada, como si eso fuera muy gracioso.

—Encantado, majete —responde Gona—. Nos gustaría haceros una pregunta. ¿Sabéis dónde puedo encontrar a un tipo llamado el Coyote?

Los otros dos jugadores se levantan de repente, como si tu amigo hubiera dicho una palabra prohibida o hubiese invocado al mismísimo diablo. Sacan sus armas y os apuntan.

Ambos levantáis los brazos atemorizados.

—¡Eh, eh! —dices—. Que eso hace pupa...

—Hombre, si son de plástico, poco pueden hacer. Recuerdo que compré una pistola en los grandes almacenes de al lado de mi casa a la que le faltaba el cañón... —empieza a contar Gona.

El que saludó antes a Gona es el que ahora apunta directamente a su pecho.

—¿Quiénes sois y qué queréis? —pregunta irritado.

—Nosotros solo queremos saludarlo, somos primos que venimos de parte de nuestra madre, Aurora del Cactus —explica Gona.

Los tres jugadores se miran en silencio y se encogen de hombros, al cabo de unos segundos, asienten unos a otros. Parece que la mentira os ha salvado el pellejo. Todos vuelven tranquilos a sus asientos, pero uno, el que está a pocos metros de ti, tiene un bolsillo roto, y del agujero caen dos monedas de oro que ruedan hacia ti. «Esto seguro que nos sirve», piensas. Disimulas y das un pisotón para esconderlas debajo de la bota. El ruido hace que los jugadores se sobresalten y de nuevo todos se ponen tensos y os apuntan otra vez con las armas.

—¿Se puede saber qué te pasa, rata de campo? —te pregunta Patison, que parece el más hablador.

Tu amigo tampoco sabe por qué lo has hecho y también se te queda mirando intrigado. Empiezas a disimular.

—¡Ay, qué lástima, mi primito de mi corazón, cinco años sin saber de él; no lo encontraré jamás de los jamases y mi pobre madrecita Aurora del Cactus morirá sin saber nada de su sobrino querido!

Tu mediocre interpretación surte efecto. Y el que antes os había saludado y despachurrado las manos se te acerca.

—No te pongas así... Es posible que alguno de los que estamos aquí podamos ayudaros. —Le miras con simpatía, parece que al final no va a resultar tan bestia como creías.

El señor está demasiado cerca como para guardarte el botín, necesitas agacharte a recoger las dos monedas que tienes bajo la bota. Le haces una seña a Gona con el dedo índice hacia abajo mientras levantas lo justo el pie para que se fije en eso que intentas ocultar. Él lo capta enseguida.

—¡Primo de mi corazón! ¡Tengo el corazón *partío*! ¡Ave María, cuándo serás mía! ¡Qué la detengan, que es una mentirosa, malvada y peligrosa, ya no la puedo controlar!...

Su popurrí de canciones atrae la atención de la mesa y tú, con disimulo y haciendo como que te rascas la pantorrilla, te agachas rápidamente y guardas dentro de la bota las dos monedas.

Tu amigo sigue sin percatarse de que ya has cumplido tu misión y por más que te empeñas en hacer aspavientos, saltos y piruetas para que te haga caso, él está a lo suyo. Ahora mismo, cantando *La cucaracha*.

—Gona... —susurras.

—¡Ya no puede caminaaaaaaaaaaaaaaaaaaar! —grita eufórico.

Todos aplauden cuando acaba la actuación improvisada.

Tú no sigues a la multitud. Carraspeas y todos te miran.

—Gona, que tenemos que buscar a nuestro primito perdido... —disimulas.

Él tarda un poco en comprenderlo.

—¡Ah, sí! —Se calma al momento.

—¡Willy, trae una silla para estas dos buenas personas! —dice el fugaz amigo de Gona al camarero de detrás de la barra—, que van a jugar una partidita de póker con nosotros.

—¿Póker? A mí no me gusta el póker —te susurra tu amigo.

—Me da igual, Gona. Estos tíos seguro que conocen al Coyote y como si tenemos que jugar al chinchón o al parchís —dices bastante firme.

Él se ajusta su sombrero y frunce el ceño, sabe que es momento de demostrar lo que vale.

Willy, que a pesar de las apariencias ha resultado ser un amable trabajador, carga sobre su espalda con dos sillas destartaladas.

—Cuidado con este clavo oxidado, no te vaya a atravesar la chaqueta, camarada —dice de lo más amable.

Tú agradeces la atención, aunque deseas más que Gona que esto acabe cuanto antes.

Vuestro rechoncho y extravagante amigo os sienta juntos.

—Aquí se consume —dice Willy, que sigue plantado con el trapo de secar los vasos al hombro—. ¿Qué va a ser?

—¡Dos zarzaparrillas! —dices con entusiasmo. No tienes ni la menor idea de lo que es eso, pero siempre has deseado decirlo. El camarero te mira inexpresivo y se da media vuelta para volver a la barra.

—Bien, ¡Gary, reparte! —le dicen al que está justo a vuestra izquierda.

—Voy... —dice este aburrido, mientras masca tabaco y lo escupe a una pared que se ha convertido en su diana y luce hecha un asco.

—Oye, ¿podéis decirnos algo ya de nuestro primo? La verdad es que estamos bastante preocupados —comentas para ver si puedes sacar algo.

—¡Shh! —te manda callar el que está al lado de Gary—. Acaba de empezar la partida, aquí no se habla más que de póker cuando se está repartiendo. ¿Entendido? —pregunta con cara de pocos amigos.

Tú callas algo amedrentado, no se te olvida que todos esos sujetos tienen pistolas y que son de gatillo fácil.

—¿Por qué? —dice desafiante Gona a la vez que apoya su hombro en la silla.

—Porque sí —responde.

Las últimas cartas caen sobre los montículos de cada jugador.

—¿Por qué es porque sí? —repite.

—Porque es porque sí —dice. El jugador empieza a enfadarse, puedes notar cómo le cuesta extender el abanico.

—Pues no entiendo que tenga que ser porque sí, porque sí, porque sí.

—¡Ya está bien! Me voy a tener que hacer unas sangrías de lo malo que me estáis poniendo con vuestros dichosos trabalenguas —dice el otro jugador que todavía no había abierto la boca.

—Yo soy Magnus, y mi palabra es la ley. ¡Así que todos callados ya! —replica.

Tu amigo Gona va abrir la boca para volver a preguntar su dichoso *por qué*, menos mal que reaccionas a tiempo para cerrarle el pico y le das un buen pisotón que le deja de momento mudo, y le entregas sus cartas.

—Magnus es el líder de una de las pandillas más peligrosas de la ciudad, él solito ha atracado a todos los bandoleros extranjeros que intentaban cruzar nuestro territorio, será mejor que os calléis —susurra vuestro nuevo colega.

—Ya lo has oído —le dices a Gona—. Así que deja de hacer el tonto.

—Oye, yo nunca hago el tonto, si acaso hago el listo que te pasas.

—Bueno, vale —replicas—, pero estate atento que de aquí tenemos que salir vivos.

Gona se ha calmado con tu recomendación. Cada uno mira sus cartas, todos muy concentrados. Vosotros no tenéis ni idea de cómo funciona esto del póker, no sabéis si lleváis buena o mala jugada. Os quedáis con todos los naipes y ponéis cara de entendidos para disimilar. Tu amigo se acerca a tu oído.

—¿Aquí cuándo se grita «¡burro!»? —pregunta.

Te echas la mano a la cara.

—No, Gona, aquí no se dice eso. Te confundes de juego —le explicas.

—Ah... Vale, vale... Entonces, ¿en este juego se dice órdago?

Tiemblas cada vez más por momentos. De esa partida, no puede salir nada bueno...

—No, Gona, eso es del mus.

—¿Mus? ¿Eso no es lo que se dice a los gatos?

—¡Que no! —replicas desesperado—. Ese es otro juego. Tú aquí quédate quietecito y mira si tienes buenas cartas para ganar algo. Si no lo hacemos así, estos tíos no van a soltar prenda.

—Buenas, buenas, no lo sé, a mí me parecen bastante iguales todas.

—Pues disimula —susurras agobiado.

Él mira y remira las cartas; incluso las muerde, huele y acaricia.

—Pues no lo sé. La verdad es que creo que están hechas de un cartón bastante duro —explica.

Tú no sabes cómo ponerte en la silla para que no os tomen por unos pardillos.

—¿Se puede saber qué pasa? —pregunta inquieto Magnus.

—Eh, nada, nada. Supersticiones de mi amigo —le excusas. Vuelves a acercarte a su oreja a la par que te sacas las dos monedas de la bota—. Gona, toma una de las monedas y apuéstala, yo haré lo mismo con la otra, a ver si nos dejan tranquilos y conseguimos que nos digan dónde está el maldito Coyote.

Tu amigo te mira confiado.

—No te preocupes, yo apostaré las dos monedas de antes, tú haz lo mismo con estas.

Todos en la mesa ya han visto sus cartas y ahora se dedican a mirarse fijamente los unos a los otros para ver si adivinan las jugadas.

En eso llega Willy con dos vasos llenos de un líquido de color naranja. Los deja enfrente de la mesa y se queda mirando con interés, cruzado de brazos a ver cómo se desarrolla la partida. En el local se ha hecho el silencio. Poco a poco se van acercando el resto de los clientes, unos seis o siete tipos de aspecto amenazador, las camareras y las chicas que bailaban en el escenario y que ahora se lanzan miradas y señas, y hasta el pianista ha dejado de tocar y se ha subido a su taburete para no perder detalle de lo que pase. Hay un ambiente de gran expectación.

—Yo voy —dice Magnus, y arrastra varias monedas de oro al centro de la mesa.

El intenso brillo de la potente lámpara en el metal pulido casi os deslumbra.

—Yo no —responde vuestro amigo.

—Yo sí —desafía Gary y aumenta cinco monedas más.

Vuestro amigo se abstiene y ahora todos os miran a vosotros.

—¡Yo voy, vengo, y por el camino me entretengo! —exclama Gona como si fuera un experto y muestra con orgullo sus dos monedas.

Tu caso es diferente: si apuestas y perdéis, volvéis a quedaros sin nada y, entonces, será cuando os echen a patadas del *saloon*. Empiezas a sudar y decides jugarte el todo por el todo.

—Si ganamos, ¿nos diréis dónde está el Coyote? —preguntas poniendo tu mejor cara para ablandarlos.

Todos se miran, murmuran en un corro improvisado tapándose la boca con la mano para que no podáis leerles los labios y se separan.

—¿Esa es vuestra apuesta? —os pregunta Patison.

—Sí, esa es nuestra apuesta —respondéis vosotros a la vez.

Los jugadores se juntan de nuevo en una piña. Los espectadores comentan entre ellos. A los pocos minutos los de la timba han tomado una decisión.

—¡No! —gritan al unísono mientras se vuelven.

Un murmullo surge del corro de mirones.

—Pues no hay trato —dices—. Hala, Gona, vámonos a otra parte. Estos caballeros no son lo suficientemente hombres como para saber dónde está el gran Coyote —fanfarroneas.

—¡Eh, eh! ¿Nos estás llamando *gallinas*? —pregunta Gary.

Gona se encoge de hombros.

—Bueno él es así —replica— gallinas, conejos..., es mucho de animales.

—Porque nosotros podemos deciros muchísimas cosas sobre el Coyote —dice Magnus.

—¿Ah, sí? —aprovechas tu oportunidad—. No estamos muy seguros...

Con cada comentario vuestro, sus caras de enfado aumentan, hasta que Magnus da un golpe en la mesa que hace que las jarras y vasos se levanten.

—Está bien, si ganáis, os contaremos cada uno de nosotros lo que sabemos. ¿De acuerdo? Pero tenéis que ganar...

Vosotros sonreís y aceptáis.

—Venga —dice Patison—, es hora de ver vuestras cartas.

Con bastante canguelo levantas las tuyas: apenas tienes doble pareja de reinas. Eso de ir de farol igual no ha sido tan buena idea.

Gary levanta las suyas: tiene una pareja, es decir, su jugada vale menos que la tuya.

—¿Y tú? —dice Gary señalando a Gona.

—Yo... Yo tengo... —Levanta las cartas y las deja sobre la mesa.

Todos lo miráis estupefactos. Los espectadores lanzan exclamaciones con admiración, incluso las camareras y las bailarinas empiezan a aplaudir.

—¡Gona, tienes escalera real! —le susurras.

Él levanta una ceja.

—¿Y eso es bueno? —te pregunta.

Tú asientes y abres mucho los ojos.

—Buenísimo.

—Claro, porque soy un jugador de campeonato.

—Está claro que habéis ganado... —confirma vuestro amigo Patison mientras arrastra el pesado oro hacia vuestro lado.

—¡Un momento! —dice Magnus a la vez que arroja las cartas sobre la mesa a la vista de todos—. Escalera real doble —exclama.

Los presentes se quedan mirando la jugada, bajan luego la cabeza y callan. Ninguno se atreve a contradecir a Magnus. El corro de mirones se aparta cauteloso.

—Habéis perdido, chicos. No os diremos absolutamente nada. ¡Fuera!

«¿Escalera real doble?, ¿qué narices es eso? —te preguntas y miras las cartas, ninguna casa con ninguna—. Eso no existe, no lo he escuchado en mi vida», piensas.

Te acercas a tu amigo y le dices con un susurro:

—¿Qué hacemos?

Él se queda meditabundo.

—Creo que lo mejor es que...

5A ... nos acerquemos al río (pg. 105)

5B ... probemos nuestra destreza con los caballos (pg. 111)

5C ... busquemos una segunda oportunidad jugando (pg. 119)

5A
EL RÍO DORADO

No estáis muy convencidos de esa escalera doble de la que nunca habéis oído hablar, pero es mejor no llevarles la contraria a estos tipos, sobre todo a Magnus. Sin embargo, tenéis la sensación penosa de que os han engañado como a dos tontos.

Salís por la puerta abatible con una mano delante y otra detrás, a vuestra espalda queda el *saloon*, el único sitio que hasta el momento os había parecido el adecuado para averiguar algo del maldito Coyote, que ya os desespera.

—Gona, ¡no puedo más! ¿Se puede saber dónde se ha metido tu *amiguito*? No sé por qué tendrás que llevarte la pistola del Coyote. Ya podrías haber escogido la de alguno de estos maleantes, que al menos los tenemos a unos metros... Ahora nos hemos quedado sin dinero y sin la información.

Tu amigo no dice nada, tampoco te mira. Únicamente piensa en algo que tú no puedes descifrar.

—Oye, hazme caso.

—Aquí hace más calor que en la playa —suelta.

Te parece curioso que en estas circunstancias él suelte eso, más qué curioso, no entiendes nada, así que te pones algo sarcástico.

—No me digas... ¿Y qué le vamos a hacer? Estamos en el lejano Oeste: no pretendas que nos traigan unos cócteles de frutas con sombrillita de papel.

Él se gira hacia ti.

—Oye, no sería mala idea. ¡Seguro que los sirven en el río!, ¡como en los chiringuitos de las piscinas! ¡Me encantan las sombrillitas de papel!

Intentas agarrarlo del chaleco, pero él ya ha empezado a correr en línea recta, siguiendo las señales de madera que indican dónde se encuentra el riachuelo, y se te escapa.

—¡Esperaaaaa! —gritas con fuerza. Pero tienes que reconocerlo, resulta que Gona tiene razón: hace un calor espantoso y a ti también te apetece uno de esos cócteles de frutas con sombrillita, así que echas a correr detrás de él.

Los diez minutos de trote bajo el sol no han sido muy cómodos, vais más sudados que una toalla de gimnasio. Como sigáis corriendo de aquí para allá, necesitareis un par de caballos, o a Cortocircuitos, cuantísimo lo echas de menos. Aunque sería digno de ver cómo lo recibirían estos rudos vaqueros.

—Mira, ahí hay gente jugando en el agua —indica Gona.

Diriges la vista hacia el tramo del río señalado y te colocas la mano en forma de visera para poder identificar unas figuras que se ven agachadas. Los que están allí son todos hombres, tienen los pantalones remangados, llevan camisetas de tirantes y están dentro del río hurgando entre las piedras.

—No están jugando, son buscadores de oro —respondes.

Gona se acerca un paso más.

—¿Buscadores de oro? Pero si tienen palitas y coladores, como los que llevaba yo de pequeño al parque para hacer castillos de arena.

Tú te aguantas la carcajada.

—Estos son más grandes y antiguos, se llaman cedazos y no pretenden construir castillitos, Gona; más bien, quieren comprarse uno con todas las pepitas de oro que encuentren.

Gona sonríe, al parecer, acaba de tener una idea de las suyas.

—Seguro que si bajo y les pregunto por el Coyote, me darán alguna pista.

Tú, que todavía intentas calmar tu agitada respiración tras la carrera que os habéis metido en el cuerpo, le haces un gesto ambiguo con la mano.

—A saber...

Él no pierde el tiempo y desciende hacia el grupo que continúa concentrado en su tarea sin percatarse de vuestra presencia. Tú le sigues de cerca.

El terreno es bastante inestable en la orilla del río, las plantas no sujetan del todo la arena y vais a trompicones.

—¡Guaaaaa! —grita Gona al resbalarse con mucha dignidad y caer de culo.

Al oírle, los buscadores de oro miran hacia donde os encontráis, pero el sol cegador no les permite identificaros.

—¿Estás bien? —te agachas y preguntas a tu amigo en voz baja. Él no dice nada, solo hace un gesto para quitarle importancia al asunto. Se levanta sin ayuda, se recoloca la ropa y saca algo de un bolsillo del pantalón.

—¡Oigan!, ¡ustedes! —grita con voz potente a la par que enseña el distintivo que encontrasteis en la oficina del *sheriff*.

Los que allí están os ven con claridad y también se dan cuenta de que Gona sujeta la estrella dorada de seis puntas. Se miran entre ellos, desconcertados, y vosotros también os miráis sin comprender por qué están tan nerviosos.

—Solo nos gustaría...

Tus palabras hacen que los individuos huyan del lugar en todas direcciones dando trompicones, cayéndose en el barro y cuantas más voces les dais para que se detengan, más rápido corren.

Gona consigue cazar al único que se ha entretenido cargando los bolsillos con algunas pepitas de oro.

—Vamos a ver, ¿se puede saber por qué narices os vais todos? ¿Es porque olemos mal?, porque eso tiene una explicación muy sencilla...

El joven, que no tendrá más de quince años, tiembla mientras Gona le agarra por el brazo.

—Señor *sheriff*, no me detenga, por favor. Déjeme marchar, ¡quédese con el oro restante que hay en el cubo! —le suplica.

Caminas los escasos metros que te separan del cubo y contemplas su interior. En tus ojos se refleja el brillo dorado del precioso mineral y te quedas paralizado.

Gona se da cuenta de tu reacción y suelta al joven para acercarse él también a mirar el contenido del cubo. El muchacho aprovecha para huir con sus compinches con tal rapidez que parece que ha desaparecido.

—¡Mira, Gona! ¡Hay un montón de oro! —e introduces la mano en el cubo.

—Bueno, a ver, tampoco te vengas arriba, que no es tanto, pero digamos que tenemos lo suficiente como para volver a tentar a la suerte en el *saloon*.

Miras a tu amigo con una amplia sonrisa, parece que no todo está perdido.

—Entonces, ¿volvemos a echar la partida? —le preguntas.

—¡Claro que sí! —dice a la par que chocáis las manos—. Por cierto, si sobra algo, recuérdame que nos compremos una *pizza*. No veas el hambre que me da tanta carrera.

★ ★ ★

A las puertas del *saloon* están vuestros antiguos compañeros de partida, que habían salido a estirar un poco las piernas y al veros llegar se han quedado a esperaros. Os miran muy divertidos dándose codazos y soltando risitas.

—¿Qué, volvéis a que os desplumemos? —dice Magnus con suficiencia.

Vosotros sonreís.

—Eso os preguntamos nosotros.

—¡Uhhhhh! —grita Willy el camarero.

Magnus se pone de pie, sonríe de manera torcida y se acerca a vosotros.

—Está bien, pero esta vez jugaremos a otra cosa...

Continúa tu lectura en el capítulo 6.

★ 5B ★
EL ENCANTADOR DE CABALLOS

Ya ha sido mala suerte eso de que aparezca una jugada de la que jamás habéis oído hablar, pero no se os ocurriría por nada del mundo llevarles la contraria a esos tipos tan peligrosos, aunque quizá sí al camarero del *saloon*: su zarzaparrilla y su cerveza son realmente asquerosas.

—¿Ahora qué hacemos? —preguntas a tu amigo, quien se entretiene sentado en la escalera del porche jugando con sus espuelas.

—No lo sé —dice. Lo notas triste, y es algo extraño, porque normalmente eso solo sucede cuando tiene algún plan en la cabeza. Pero, claro, ¿quién puede adentrarse en la cabecita loca de Gona?

Decides sentarte junto a él, quizá desde ese lado de la calle te venga la inspiración. Pruebas a colocar tu cabeza sobre las manos; el mentón apoyado sobre los nudillos y estos, a su vez, colocados en la rodilla; boca arriba, boca abajo... Pero, a pesar de que pones todas las caras y formas de pensar que se te ocurren, no viene nada a tu mente. Gona no te presta atención, está embobado mirando a un caballo negro precioso que han atado a un poste al otro lado de la calle.

—¡Vamos a verlo! —dice señalándolo.

Tú, que ya has probado todas las posturas habidas y por haber, te sacudes el polvo y vas con tu amigo.

Lo cierto es que se trata de un ejemplar precioso: es grande, musculoso y sus ojos, que también son negros, tienen la misma profundidad que un pozo de petróleo.

—Es bonito —dices mientras lo acaricias.

De pronto, el animal, asustado por el contacto físico, relincha con fuerza. Es tal el ruido que te alejas a toda velocidad hasta refugiarte detrás de un poste.

—¡Ja, ja, ja, ja!

—Gona, no te rías, mala persona. Ese bicho casi me produce un infarto —le explicas mientras te llevas una mano al pecho.

Trascurren unos segundos hasta que consigue controlar sus carcajadas. El alboroto que se ha montado es lo suficientemente grande como para que salga un hombre de un cobertizo cercano.

—¡Oigan!, dejen a mi caballo tranquilo. El concurso es allá —dice a la vez que señala el norte—, a la salida del pueblo, detrás del río.

Gona y tú os miráis.

—¿Concurso? —preguntáis a la vez.

El caballero se acerca a vosotros.

—Sí, mirad, este.

Arranca un papel que está clavado en la pared de madera del cobertizo y os lo entrega.

«Gran concurso para domadores de caballos. Atrévase a dominar a la gran bestia traída del fin del mundo y gane un premio excepcional. Concurso solo apto para aquellos que no temen a la muerte. ¡Ven al rodeo mortal!».

—¡Guao! ¡Cómo mola! —dice Gona.

«Madre mía», piensas, pues ya te imaginas lo que puede proponer tu amigo.

—Lo dicho, id allí y dejad a mi pobre Demonio del Inframundo tranquilo.

—Qué nombre tan chulo para un caballo. ¡Vámonos! —dice Gona y empieza a andar a toda velocidad hacia donde había señalado el hombre.

Tú, que sigues leyendo y releyendo el cartel, sigues a marchas forzadas a tu amigo, quien tira de ti con una fuerza que solo le infunde una locura de gran calibre.

Cierras los ojos durante el trayecto, en tu mente ya puedes escuchar las ovaciones de los asistentes, los gritos ensordecedores de aquellos que animan a la bestia a deshacerse de esa carga que pretende dominarla y los golpes contra el suelo que se llevan los osados.

—¡Tachán! —grita Gona entusiasmado—. Ahí está el concurso.

Miras y apenas distingues a los participantes que han salido ilesos de aquellos que tiemblan con solo pensar en lo que van a hacer en unos minutos.

Tu amigo y tú os colocáis en la fila para inscribiros, tenéis a dos hombres bastante fuertes delante de vosotros.

—¡Siguiente! —grita el encargado de anotar el nombre de los participantes. Todos avanzáis un paso—. Nombre.

—Billy el Matahumanos —contesta con voz profunda.

—Esto está cada vez más divertido —te susurra Gona, que se frota las manos con solo pensar en lo interesante que se está poniendo el concurso.

—Sabe usted que tiene que aguantar veinte segundos sobre el caballo, ¿verdad? —El participante asiente—. De acuerdo, en ese caso, pase —dice el encargado y tacha su nombre de la lista.

Billy el Matahumanos se acerca al animal con una carrera y se abalanza sobre él.

Los fuertes movimientos del caballo hacen que el cuerpo del atrevido se agite de un lado a otro, igual que un peso muerto. Todos cuentan en voz alta los segundos que faltan para que pueda ser proclamado campeón; pero cuando falta la mitad del tiempo, el jinete sale despedido por los aires hasta aterrizar a escasos centímetros de vosotros, donde queda hecho un guiñapo.

—Ayyy, si lo sé no vengo —se queja.

—Gona, vámonos a otro lado, no quiero hacerlo… —suplicas.

Tu amigo te echa el brazo por encima del cuello.

—Venga, no te pongas así. ¡Mira! —te grita—. Se acaba de rajar el que va delante de nosotros, así que somos los siguientes.

En efecto, el que estaba delante en la cola se ha ido apartando silbando con disimulo. El encargado tacha su nombre y os mira.

—Hola, somos las Hienas del Desierto —dice tu amigo con chulería— y venimos a ganar.

El hombre no apunta nada en la lista de registro y os mira con severidad.

—¿No conocéis las reglas? Solo se admite un participante, así que, quién se atreverá a domar a Nubecita Feliz?

«¿Nubecita Feliz? ¡¿Nubecita Feliz se llama el maldito bicho?!», piensas con terror y la cara se te desencaja.

La mano de Gona cubre tu boca, no puedes decir nada.

—El sueño siempre ha sido suyo —le dice. Anótelo, se llama Gona —miente. La puerta del redil se abre para ti y tu amigo te empuja a su interior—. ¡Ánimo, Gona! —grita.

«Encima dice que yo me llamo Gona», te quejas para tus adentros.

Respiras profundamente y te acercas al animal con cautela.

—Nubecita... Pitas, pitas, pitas... Ven aquí, que vamos a jugar...

Tienes más miedo que vergüenza, y el animal lo sabe.

Cuando lo tienes a pocos metros, relincha y se pone a dos patas. Tú metes un bote tan fuerte que aterrizas sobre su lomo.

—¡Aaaaaaaaaahg! ¡Socorro! —gritas aferrado al cuello del bicho con todas tus extremidades.

—¡Muy bien, Gona —dice tu amigo, que sonríe cada vez que dice su nombre refiriéndose a ti—. Sigue así!

El público, entusiasmado, grita «¡Gooooonaa! ¡Gooooonaa!» una y otra vez.

Tú intentas no pensar.

—Nubecita feliz, por favor, no te muevas tanto... —dices con dificultad y sin abrir los ojos.

El sonido de una campana indica que solo te quedan diez segundos: la mitad del tiempo.

Todos aplauden y eso pone nervioso al caballo, que no para de dar brincos y saltos y de agitarse como si tuviera una sanguijuela mordiéndole la barriga.

—¡Solo te quedan cinco! —grita Gona.

Ya no sientes las manos, tus fuerzas flaquean y te deslizas por el cuello del animal.

—¡Soooo! ¡Sooo! —chillas. Es lo que tu abuelo siempre le ha gritado a los ponis de la feria, pero, claro, esta situación difiere mucho de la otra.

—¡Cinco segundos! —grita un vaquero.

El animal ha conseguido soltarte las piernas y ahora mueve de arriba abajo el cuello. No es posible aguantar mucho más con esos espasmos.

Los dedos comienzan a separarse. Primero uno, luego otro y por último...

—¡Tiempo! —gritan.

Caes al suelo, sin fuerzas y más mareado que una peonza. Por extraño que pueda parecer, el sombrero sigue encasquetado en tu cabeza, se diría que se ha quedado pegado o que te lo hubieras atornillado.

Todos aplauden y te mantean tres veces en señal de victoria, justo lo que necesitas para que desaparezca el mareo.

—Lo has logrado —susurra Gona con una sonrisa de satisfacción—. Estaba seguro de que lo conseguirías.

Tú también sonríes, sientes una satisfacción que no habías experimentado antes.

—Aquí tiene, concursante, su premio —dice el encargado de apuntaros—: veinte monedas de oro que hemos conseguido al fundir los dientes dorados de los participantes anteriores. Enhorabuena, disfrútelas.

Agarras el premio con ayuda de Gona, que es el que te sostiene para que camines en línea recta.

—Bueno, ¿volvemos al *saloon*? —pregunta Gona.

Tú te alejas un momento de él para ir a vomitar detrás de un arbusto. Cuando regresas, tu cara es tan verde como la de los cactus.

—Está bien, y si da tiempo, vayamos a la farmacia.

★ ★ ★

A las puertas del *saloon* os esperan vuestros antiguos compañeros de partida que han estado contemplando a lo lejos vuestra aventura.

—¿Qué, volvéis a que os desplumemos? —dice Magnus.

Vosotros sonreís.

—Eso os preguntamos nosotros.

—¡Uhhhhh! —grita Willy.

Magnus se pone de pie, sonríe y se acerca a vosotros.

—Está bien, pero esta vez jugaremos a otra cosa...

Continúa tu lectura en el capítulo 6.

★ 5C ★

LA VENGANZA

Solo faltaba que os echaran a patadas del *saloon*. Camináis por el tablado del porche con la cara hacia el suelo hacia la escalera que baja a la calle. «¿Escalera real doble? A mí eso no me suena de nada», la extraña maniobra te tiene obsesionado.

—Gona, ¿a ti te suena la jugada esa que han hecho estos tipos? —preguntas.

Él piensa.

—No, o sí… No sé. No tengo ni idea de jugar al póker, ya te lo dije.

Sigues pensando.

—Han hecho trampas —reflexionas—. Lo tengo clarísimo. ¿Cómo va a tener doble escalera real? Eso no existe. ¡Es una locura! —gritas con enfado—. Seguro que lo han hecho a propósito para no darnos información.

Gona está callado, no sabes si es por el enfado al darse cuenta de que han hecho trampas en la partida o, directamente, pasa de lo que le estás contando.

—Tienes razón —afirma—. Son unos tramposos.

Te alegras de ver que ambos habéis llegado a la misma conclusión, pero ¿qué se puede hacer contra esos malhechores?

Los dos sabéis que es peligroso enfrentarse a ellos, pero no queda otra opción: es la única manera de obtener más información sobre el Coyote.

—Tenemos que pensar una estrategia para conseguir dinero y volver a entrar en la partida. Pero esta vez tenemos que estar muy atentos para que no nos hagan trampas —dices convencido.

—Podemos poner un puesto de adivinación del futuro, se me da fenomenal —exclama con entusiasmo.

—No sé... —dudas mientras le miras cómo da saltos lleno de entusiasmo.

—¡Que sí! —habla ya embalado—. Ya veo el negocio, oye, ponemos una mesa nos hacemos con una bola de cristal de esas como las de las discotecas y nos forramos en dos patadas.

—¡Pero no te das cuenta de que se darán cuenta de que no sabemos que sabrán lo que deberíamos saber! ¡Me estás liando con tantos saltos!, en fin, que yo no lo veo.

Gona sigue con su baile y haciendo planes y tú le miras y piensas en la manera de pararle. Estáis tan entretenidos que no os habéis percatado de que alguien ha estado oyendo vuestra conversación.

—Un momento —os dicen desde detrás.

El susto os paraliza, os giráis y veis a Willy el camarero, que ocupa el vano de la puerta. No sabéis muy bien qué os quiere decir con la mirada.

—¿Qué haces aquí? ¡Sois unos tramposos! —grita Gona.

—Je, je, je, bueno, esa es una palabra muy fea —intentas disimular para que Willy no se enfade. No os conviene poneros a mal con el dueño del local.

—¡Shh! —os dice este y mira con aprensión hacia dentro del recinto, antes de sacar algo del bolsillo de su delantal—. Callaos, no saben que he salido. Tomad esto y volved a entrar. Ellos son los únicos que os pueden ayudar, estoy seguro —alarga la mano con disimulo, os enseña una bolsa en la que tintinean unas monedas que cogéis rápidamente y desaparece.

★ ★ ★

—¡Qué tío más majo! —exclama Gona—. Ya verás como ahora tendremos suerte.

Ambos os ajustáis los sombreros con nuevo ánimo y al cabo de un instante volvéis a entrar en el *saloon* dando un fuerte golpe a las puertas batientes para que todos sepan de vuestro regreso. Pero vuestra espectacular aparición no impresiona, nadie os hace ningún caso ni se gira a miraros, todo sigue igual, las chicas bailan, el del piano toca, el camarero lava vasos con agua sucia, un tipo se medio duerme en un rincón...; salvo la mesa en la que se encuentran vuestros antiguos compañeros de partida, que ríen a carcajada limpia mientras mascan o fuman tabaco y dan golpes en las mesas con los vasos. Os dirigís a ellos pisando con fuerza en el suelo de madera con vuestras botas para haceros notar.

—¡Tramposos! —grita Gona.

Todo el local se calla y dirige sus ojos hacia vosotros. Los jugadores cortan en seco la juerga y se os quedan mirando como si fuerais dos mosquitos molestos a los que van a aplastar de un momento a otro. Los clientes se refugian debajo de las mesas y las bailarinas, las camareras y el pianista saltan detrás de la barra a protegerse junto con el barman.

—¿Quién se ha atrevido a soltar semejante tontería? —grita Magnus enfadado y rojo como un tomate.

Gona te señala. «Qué tío, ya le vale», piensas mientras tragas saliva. Sin embargo, no es momento para acobardarse, así que te animas:

—Exacto, como dice él..., digo, como digo yo mismo y repito yo también, ¡que me lío! Lo que sois es unos tramposos. ¡Nos habéis engañado con eso de la «doble escalera real»! No existe esa jugada.

La mesa entera se pone en pie. Los jugadores se recogen las chaquetas y chalecos hacia atrás y enseñan las armas que llevan en cartucheras o sujetas con el cinturón. Las manos se ponen a juguetear encima de las culatas con gestos amenazadores.

Tu amigo te empuja hacia delante, poco a poco, sin que te des cuenta; suficiente tienes con sentir los temblores de las piernas. A medida que te acercas, ellos sacan despacio las pistolas y os van apuntando. Cuando te quieres dar cuenta, estás a menos de dos metros. Los ojos se te ponen bizcos al ver tantos cañones mirándote fijamente y te mareas un poquito. Los jugadores también se miran entre ellos y se hacen gestos de no saber muy bien qué hacer. Gary baja la pistola y suspira.

—Bueno, es posible que...

Su comentario queda interrumpido por un codazo en el estómago de Magnus.

—¡Eh! —exclama este—. Aquí no es posible nada.

Se organiza un pequeño revuelo y los jugadores no saben muy bien a quién apuntar con las pistolas, si a ti, a Gona o entre ellos.

—Dadnos un momentito —os dice Willy, que se había quedado al margen del asunto. A continuación hace un gesto a los demás—. Guardad las armas, vamos a pensar algo que no tenga que ver con tiros.

El bandolero edición de bolsillo hace un gesto y reúne a sus camaradas igual que lo hacen los jugadores de fútbol cuando preparan una jugada o cuando los niños planean algo en el patio del recreo. Hacen un corro sujetándose por los hombros y de cuando en cuando os lanzan miraditas rápidas. Todo el local está pendiente de los cuchicheos que salen del grupo.

—¿Estarán metiéndose con nuestros modelitos? —te pregunta Gona.

Te encoges de hombros, pero no te da tiempo a contestar. El corro se ha disuelto.

—Está bien —dice Magnus—, está claro que ha tenido que haber un pequeño error —miente, y vosotros lo notáis—. Os daremos otra oportunidad, pero esta vez probaremos con otro juego...

Vosotros sonreís y aceptáis el desafío. Willy os guiña un ojo.

★ 6 ★

EL DADO MENTIROSO

Todo el *saloon* os mira. Tenéis una nueva oportunidad para dar con el Coyote, así que no podéis cometer el más mínimo error.

Magnus da un paso adelante, mira a Willy que asiente con la cabeza, y os invita a una parte más discreta del *saloon*: una habitación clandestina que está justo debajo del escenario donde bailan las chicas y a la que se entra por una puerta disimulada entre los tablones. Os miráis con asombro. «A ver si esto es una encerrona», piensas con algo de aprensión.

—Pasad, aquí podremos jugar tranquilos.

—¡Uy, qué divertido! Un pasadizo secreto, como en las pelis. —Gona, al contrario que tú, está encantado.

—¿Estos no vienen? —preguntas señalando al resto de los jugadores.

—No, esto es entre nosotros tres —contesta Magnus, que con un gesto os invita a entrar por la estrecha abertura.

Cruzáis los tres en fila por la puerta, Magnus cerrando la comitiva, por lo que ya no podéis arrepentiros y dar marcha atrás. El camino por el angosto pasillo, alumbrado por faroles de aceite cada pocos metros, se os hace eterno. Además, huele a cerrado y se oyen pasitos cortos como de alguien que corretea.

—Esto debe de estar lleno de ratones —susurras al oído de Gona.

—Qué divertido, los ratones molan —contesta él muy convencido.

Al final os encontráis con una habitación forrada de maderos puestos a lo largo, no más grande que tu dormitorio y en la que reina una mesa triangular tapizada con una tela de tapete verde. En torno a ella hay tres sillas de madera, están bastante deterioradas, pero parecen cómodas. La sala está iluminada por una lámpara en el techo con cinco faroles de aceite que forman un círculo.

—Tomad asiento, por favor —os dice Magnus y hace un gesto con la mano.

Os acomodáis alrededor del triángulo equilátero.

—¿Es un juego de comer? —pregunta Gona.

Magnus se sienta en el lado vacío y se le queda mirando, al cabo de un rato contesta misterioso:

—Más o menos.

—Ah... —dice tu amigo—, pues espero que sea más que menos. A estas horas hace ya una gusa que ni te cuento.

Tú no consigues pensar con claridad de qué clase de juego se puede tratar.

—¿Conocéis el juego del dado mentiroso? —pregunta.

Los ojos de Gona se convierten en corazoncitos.

—¡Sí! ¡Sí y requetesí!

Tú tomas aire.

—Gona, ¿podemos hablar un momentito? —le intentas decir en un susurro.

—Jolín, ¡si vamos a jugar!...

Te llevas la mano a la frente y no puedes evitar ya decirle en voz alta:

—¡¡¡Por favor!!!

Ambos os levantáis y os vais a un lado de la pequeña sala. Magnus se queda sentado tan tranquilo, coloca las manos encima de la mesa y empieza a jugar con los dedos haciendo figuras con las sombras que provoca la lámpara.

—¿Se puede saber cómo narices se juega a eso? —preguntas—. No pienso apostar todo el dinero que hemos conseguido en algo de lo que no he oído hablar.

Tu amigo te sonríe.

—No te preocupes, es muy sencillo: cada uno tenemos un cubilete con cinco dados. ¿Hasta aquí todo comprendido?

Haces una pausa y piensas.

—Sí, continúa.

—Después, cada uno agita su cubilete y le da la vuelta. Presta atención, que ahora viene lo importante: cada uno mirará sus dados y adivinará cuántos dados del resto de los jugadores hay en la misma posición. Imagínate que yo creo que entre los tres tenemos cuatro treses boca arriba.

—Vale, me lo imagino. ¿Y cómo sigue?

Magnus os mira impaciente. Se ha aburrido de jugar con las sombras y ahora tamborilea con los dedos en la mesa con cierta impaciencia.

—Si Magnus o tú pensáis que es así, que tengo razón, continúa el juego: volvéis a apostar que, por ejemplo, en toda la mesa hay cinco dados con el número tres boca arriba. Es decir —aclara Gona—, un dado más. ¿Lo vas pillando?

Te quedas pensando un par de segundos.

—Vale, sí. ¿Y puedo decir otro número? Por ejemplo, decir que hay tres dados en la mesa con el número cinco. ¿Eh? ¿Puedo? —preguntas intrigado.

Gona asiente.

—Sí. Las cantidades que se apuestan siempre tienen que aumentar. Puedes decir que hay más dados con el mismo número o, por el contrario, menos dados, pero con un ordinal más alto. Si te he dicho que alguien apostaba que había cinco dados con el número tres, perfectamente, puedes apostar que hay seis dados con el número tres en su cara superior o que hay cuatro dados —hace una pausa— con el número seis en la cara superior. ¿Me explico?

—Sí, sí, más o menos —dices tímidamente—. ¿Y si no me lo creo? Imagínate que pienso que es mentira —preguntas impaciente.

—Muy sencillo: dices que no te lo crees y todos los jugadores levantamos los cubiletes, desvelando lo que hay debajo. En el caso de que sea mentira, es decir, que no haya la cantidad que el jugador ha dicho, este pierde un dado.

¿Lo vas pillando?

—Y si es cierto, imagino que quien pierde es el que ha desconfiado, ¿verdad?

—Exacto —responde Gona.

—¿Y cuándo acaba el juego?

—¡Cuándo va a ser! Pues cuando un jugador pierde todos los dados queda eliminado, y así, hasta que solo queda uno, que es el que gana. ¿Está claro?

—Creo que sí —contestas intentando parecer más convencido de lo que realmente estás.

Magnus carraspea.

—¿Jugamos o qué?

Parece que estáis rozando el límite de su paciencia, los golpecitos en la mesa empiezan a ser casi golpetazos.

—Recuerda —dice Gona—: este juego es cuestión de suerte en la mayoría de las ocasiones; intenta no quedarte sin dados o volveremos a no tener absolutamente nada.

—Vale, vale...

Los dos regresáis a vuestros respectivos sitios. No estás muy seguro de haber entendido del todo de qué va el juego, pero te tranquiliza que Gona lo conozca y verle además tan seguro. Vuestros cubiletes están cubiertos de cuero, pero solo por fuera, el interior es de madera. Tocas el tuyo con una mano y con la otra palpas los dados. «¡La última vez que utilicé dados fue cuando jugamos al parchís para celebrar el cumpleaños de mi gato!, ¿recuerdas?»

Magnus mueve su silla hacia atrás y se pone en pie. Os mira y con un dedo os señala mientras os amenaza.

—Está bien, mocosos, esta es vuestra última oportunidad para ganarme. Ya os aviso de que soy el campeón del dado mentiroso y ni vosotros ni nadie podrá derrotarme.

—Ya, ya... —dice Gona en tono burlón.

A Magnus no le ha gustado el comentario y se revuelve con furia.

—Te crees muy listo, rata inmunda —le insulta—. Está bien, para darle más emoción, apostaré todo el dinero que he ganado jugando al póker antes. —Acto seguido, el bandolero coloca en la mesa un pesado y enorme fardo que contiene muchas más monedas de oro de las que habéis visto en vuestra vida, sobre todo teniendo en cuenta que solo habéis visto monedas de oro desde que llegasteis a este pueblo—. ¿Suficiente? ¡Tengo todas conmigo! ¡Ja, ja, ja! —Magnus está convencido de que va a desplumaros.

Tú tragas saliva, ¿cómo vais a igualar su apuesta? Gona te pisa para que dejes de preocuparte y toma la palabra.

—Bah, nosotros también tenemos claro que te vamos a machacar —repite y pone sobre la mesa un saco pequeño con el dinero que tenéis.

Magnus lo mira con desprecio.

—Vosotros apostáis muchísimo menos, sanguijuelas. ¡Es trampa! —grita.

Gona lo tiene todo pensado, o eso te parece. Con la palma de la mano le pide que se tranquilice.

—¿No estás tan seguro de que vas a darnos una paliza al dado mentiroso? ¿Eh, gallito? ¡Cua, cua, cua!

Tú te acercas al oído de Gona:

—Oye, que ese es el sonido del pato —apuntas.

Él te mira asqueado.

—Ya lo sé, pero es que aquí no pega hacer ¡quiquiriquí! —te grita al oído.

—Vale, entendido.

Magnus sigue pensando y mirándoos de manera alternativa. De repente toma una decisión, da una palmada y a continuación se frota con fuerza las manos.

—Está bien. Os fulminaré enseguida. No me va a llevar mucho tiempo dejar en cueros a dos pringados como vosotros.

Vuelves a tragar saliva: habéis apostado todo vuestro dinero a un juego al que no has jugado nunca y contra un tipo que os puede matar sin necesidad de usar la pistola. Aunque Gona está muy tranquilo y seguro, a lo mejor no ha sido muy buena idea aceptar la propuesta.

Sentados en vuestros sitios, los tres agitáis los dados frenéticamente durante unos segundos hasta que posáis el vaso boca abajo, en la mesa tapizada. Tú imitas a los demás, que están mirando los dados y levantas el borde de tu cubilete.

Aunque Gona te lo ha explicado bien, prefieres guardar silencio y poner cara de interesante, no sea que metas la pata. Ahora, Magnus toma la palabra.

—Empezaré yo —dice más frío que un cubito de hielo—. En la mesa hay tres dados de uno —sentencia.

Tú vuelves a mirar el interior de tu cubilete: tienes un uno, así que es más que probable que entre él y Gona tengan los otros dos y sea verdad. Como Gona y tú calláis, nadie se opone en la mesa. Es el turno de tu amigo.

—En esta mesa hay... cinco dados con el número uno.

Tú palideces y Magnus mira sus dados de forma disimulada y se echa a reír.

—¡Ja, ja, ja! Eso es mentira podrida. ¡Os voy a desplumar con una facilidad!...

Todos levantáis los cubiletes y...

—¡No puede ser! —grita Magnus—. ¡Tú tienes cuatro unos —dice mirando a Gona— y tú otro!

Gona se ríe. Está disfrutando de uno de sus juegos favoritos.

—Hala, majete, un dado fuera —le exige Gona.

Vuestro rival accede resentido y tira su dado al centro. Ya solo le quedan cuatro.

Volvéis a repetir la acción: los dados al cubilete y a mezclar como si fuera una coctelera. A los pocos segundos, el vaso vuelve a estar boca abajo. Revisas con detenimiento lo que tienes, te toca adivinar qué hay en la mesa. Magnus te mira atento y Gona te mete un pisotón.

—¡Aaaaaagggg! —chillas—. ¡Qué haces, bruto! —le gritas entre dientes.

Magnus acerca su cara a la tuya y fija su mirada en tus ojos como si quisiera taladrarte, te apartas un poco.

—¿Has dicho que hay siete doses? —te pregunta Magnus.

—Eh... —Tú no sabes qué decir, porque ha sacado su pistola y te está encañonando—. Sí... —dices con miedo a la par que destapas tu jugada y cierras los ojos.

Gona y Magnus levantan también sus cubiletes. Al ver cómo han quedado los dados este último se levanta y lleno de rabia le da un puñetazo a la madera que reviste la pared que está justo detrás de él.

—¡No me lo puedo creer, esto es imposible! —se queja al descubrir que Gona tiene cuatro doses, él dos y tú uno.

Tú suspiras con alivio. Ya no porque vayáis ganando, sino porque el puñetazo no ha ido directo a tu cara. Magnus tira con fuerza el dado perdido contra el hueco que ha hecho con su puñetazo en la madera y consigue encestar. Le quedan tres.

—¡Premio! —dice Gona contento—. Mira, si se te da tan mal, puedes dedicarte al baloncesto —afirma.

Magnus os mira con desconcierto.

—¿Balonqué?

No os acordáis de que en esa época no existe ese deporte, ni muchos otros.

—Déjalo —hablas tú—, sigamos jugando.

Es el turno de tu amigo.

Agitáis los cubiletes y los colocáis boca abajo de nuevo en el tablero. Gona mira sus dados, tapa el cubilete, vuelve a mirarlos, vuelve a taparlos, vuelve a mirarlos, vuelve a taparlos... El pistolero se exaspera por momentos.

—¡¿Quieres parar ya?! —grita Magnus—. Me estás poniendo nervioso. ¡Venga, di algo!

Gona se acaricia la barbilla.

—Estoy seguro de que hay dos cuatros —dice Gona de forma clara a la vez que se cruza de brazos.

Vosotros respiráis profundamente. Parece una apuesta bastante real.

Magnus no baja su ceja desde hace, por lo menos, un minuto: tiene que tener el músculo agarrotado de tanto sospechar y pensar. Nunca se ha visto en otra igual.

—¡Eso es mentira, so marrano! —grita Magnus.

Tú levantas el cubilete con miedo, lo más seguro es que perdáis un dado, pero Gona lo hace desafiante. Efectivamente, tú tienes un cuatro y Gona otro..., pero Magnus no tiene ninguno.

Vuestro rival se levanta hecho un huracán, agarra su silla y la rompe en mil pedazos contra la pared. Vosotros os protegéis la cara con los brazos, es un alivio ir ganando y a la vez, cada vez que lo hacéis, parece que estáis más cerca de que os den una paliza.

—¡Rayos, centellas, vacas y bandoleros! —se lamenta Magnus al perder otro dado.

Cuando se calma, regresa a la mesa y coloca sus posaderas sobre una vieja mesilla, que a duras penas soporta su peso y, por otra parte, al tener tres patas, es bastante inestable, por lo que se empieza a balancear en todas direcciones.

—Y bien, ¿a quién le toca? —preguntas con relativa impaciencia.

—¡A mí, a mí! Está clarísimo. Os pienso desplumar con los dos dados que me quedan, sabandijas.

Sus dados rebotan en el interior del cubilete como si fuera la pieza rota de un motor.

—¿Y bien? —pregunta Gona—. ¿Qué hay, genio?

Magnus se está poniendo rojo. Sabe que si pierde en esta ocasión, solo tendrá una oportunidad más.

—Digo que hay cinco dados con el número cuatro.

Vosotros os lo pensáis, cada uno mira sus dados. Decides no rebelarte pues, aunque no tengas un dado con el número cuatro, es probable que Magnus o Gona sí lo tengan.

—¡Mentira! —grita Gona.

A ti se te congela la sangre, pues la vez anterior fue cuestión de suerte, pero ¿quién os dice que esta vez la fortuna no juega en vuestra contra?

El bandolero sonríe muy muy contento por la decisión que ha tomado Gona.

Los tres levantáis el cubilete y... Magnus monta en cólera al ver que en la mesa no hay ningún dado con el número cuatro en su cara superior.

—¡Esto no puede seeeer! —exclama rojo como un tomate.

Tú no te atreves ni a respirar, puedes masticar la tensión que hay en el cuartucho.

Mientras, Gona aprovecha para desperezarse.

—Bueno, ¿qué? ¿Seguimos o vas a quedar lamentándote con tu último dado?

El bandolero necesita un minuto para controlar su ira.

—Está bien, ¡pero me vuelve a tocar a mí! ¿Entendido? —grita mientras os encañona. Vosotros, con los brazos en alto, asentís—. Perfecto. Diré que hay tres dados con el número seis —sentencia Magnus a la vez que se hurga entre los dientes con el dedo meñique.

—¿Qué hacemos? —le susurras a Gona.

Él se encoge de hombros.

—No lo sé... Es que es probable que...

—¡Venga! ¡Vamos! No pienso tirarme todo el día, malditos mequetrefes. Pienso desplumaros sin compasión —vocifera—. Tú, ¿es verdad o es mentira? —Te señala a ti directamente.

Respiras profundamente antes de tomar una decisión. No quieres que esta perjudique vuestra jugada, pero...

—¡Es mentira! —gritas.

Tu amigo te mira más que asombrado y Magnus se frota las manos.

—¡Ja! Has caído en la trampa como un conejo...

Los tres levantáis los cubiletes y... El cuerpo de Magnus cae justo al suelo después de observar que, efectivamente, solo hay un dado con el número seis: acaba de perder su último dado y con él el juego.

Tú casi te desmayas y Gona inicia un baile raro, que supones que es el que hace cuando gana.

Magnus se levanta y agarra la bolsa repleta de monedas que hasta hace solo un instante era suya. La sostiene como para comprobar su peso, la abraza y cuando parece que os va a partir la cabeza con ella, alarga el brazo y os la ofrece.

—¡Tomad, malditos! —os grita—. Aquí tenéis toda esta fortuna. ¡No quiero volver a saber nada más de vosotros!

Y entonces, Magnus se aleja por el estrecho pasillo con la cabeza hundida entre los hombros.

—¡Oye!, espera —le dices para que se detenga—. Nos has prometido que, si te ganábamos, nos dirías quién es y dónde está el Coyote.

Él suspira y se da la vuelta. Os mira resignado.

—Es cierto. Os lo diré: el Coyote es un tipo muy raro, bastante escurridizo y que no se deja ver mucho.

—Vamos, que tú tampoco lo conoces —dice Gona a las claras.

Magnus se enfada.

—¡Yo no he dicho eso! ¡Os doy mi palabra de honor de que lo conozco! Lo que os estoy explicando es que no es sencillo dar con él: es peligroso, temerario y muy muy listo. Mis fuentes me han informado de que mañana estará con su banda en el punto en el que las vías del tren atraviesan esta ciudad. Allí, con sus hombres, asaltará un convoy cargado de oro que va al banco de siete ciudades hacia el sur. A las once y tres minutos será el asalto. Procurad ser puntuales, al Coyote no le gustan los tardones. Ahora, si me disculpáis, me voy a beber zarzaparrilla para ahogar mis penas. —Esto último más que decirlo, Magnus lo lloriquea, y hasta se sorbe la nariz sin ningún disimulo.

Gona, enternecido, le da el pequeño saco de monedas que habíais apostado vosotros.

—Toma, anda, si nosotros somos de los malos buenos... —se excusa.

Él os agradece el gesto y se ablanda.

—Por cierto, un consejo, cuidado con ir por la calle con el saco de oro, escondedlo en algún lugar y no se lo digáis a nadie.

Magnus desaparece y os quedáis solos.

—¡Ha sido alucinante! —gritas—. ¿Cómo has jugado tan bien? —le preguntas a tu amigo. Gona sonríe.

—Mejor pregúntate: ¿cuándo he jugado yo mal? —Ambos reís—. Está bien, guardemos este saco de dinero en ese boquete que ha hecho Magnus en la pared y paguémosle un par de monedas al dueño del *saloon* para que nos deje dormir en esta sala. Subiré a cerrar el trato y a pedirle prestado un par de almohadones y mantas.

—Vale, y si de paso traes algo de cena, mejor.

—¡Por supuesto! A los ganadores nadie los castiga con ir a la cama sin cenar. Y tengo un hambre que no veas.

Mientras Gona sube a pagar, a pedir el favor y a agenciarse algo para llenar vuestros estómagos, tú piensas en que, sin duda, es la mejor idea: podéis vigilar el dinero y dormir en un sitio tranquilo que pocas personas conocen. Colocas la bolsa con las monedas en el hueco y disimulas el agujero con los trozos de tablas que saltaron al darle Magnus el porrazo. Te quedas contemplando el sitio, tiene que estar disimulado para que, si entra alguien, no se dé cuenta del agujero, pero no tanto como para que vosotros no lo encontréis. Al final quedas satisfecho y te sientas en una silla a esperar a tu compañero. Tus tripas no paran de sonar.

Al poco rato Gona vuelve con una bandeja con dos bocadillos de carne asada, una jarra de agua y dos vasos. Sujetas al costado con los brazos, trae dos almohadas y colgando del cuello y arrastrándolas, dos mantas. Te entra la risa al verlo.

—Solo te falta llevar una sandía de postre en la cabeza —le dices.

—Calla y ayúdame a dejar todo esto, gracioso. Willy es un enrollado, esto huele que alimenta, nos vamos a poner morados.

Sujetas la bandeja y la colocas en la mesa de juego, mientras, Gona suelta en un rincón las almohadas y las mantas. Os acomodáis en las sillas y os zampáis los bocatas en un periquete. «Con la tripa llena se piensa mejor», te dices. A continuación, apartáis la mesa hacia la pared del fondo y empezáis a trajinar con las mantas. Cuando ya habéis improvisado unas camas y estáis acostados y tapados hasta la nariz, una pregunta ronda tu mente.

—Gona...

—¿Qué? —balbucea él, ya medio dormido.

—¿Crees que encontraremos al Coyote a tiempo?

Él se gira y te da la espalda.

—Claro que sí. Anda, duerme —dice.

—Pero es que me preocupa que...

—¡Pues te despreocupas! —Gona se ha sentado y te mira con cara de pocos amigos—. Ahora a dormir, que tengo más sueño que una manada de lirones. Mañana ya veremos qué hacemos, seguro que lo encontraremos.

Gona se vuelve a acostar, se da la vuelta y en menos de una milésima de segundo ya le oyes roncar. No volverás a hacer más preguntas. Lo ves tan tranquilo que decides que, si para él es una obviedad, ¿por qué no lo va a ser para ti? Te giras para conciliar el sueño, os quedan menos de veinticuatro horas para volver a casa.

7

AL ATAQUERRR!

Cuando abres los ojos, supones que es por la mañana. La habitación no tiene ventanas, el ambiente está excesivamente cargado y las lámparas de aceite apenas tienen oxígeno para funcionar.

—Gona..., Gona, despierta —le dices a tu amigo, que más que dormido parece estar en coma.

Te mueves y giras la llave para encender, al menos, una de las lámparas, que parece que se anima un poco y da algo más de luz. Para tu tranquilidad, la habitación sigue tal y como la dejasteis, aunque el suelo está lleno de mantas y almohadones. Caminas hasta el agujero en el que habéis escondido el dinero. Apartas las tablas, palpas el interior y notas el saco. Al menos tenéis la tranquilidad de que no os lo han robado.

—Cinco minutitos más, mamá... —dice Gona medio dormido.

—¡Venga, dormilón! —le respondes a la vez que lo meces con el pie.

—No quiero comer espinacas, prefiero *pizza*. ¡Pero sin piña! —grita sobresaltado a la vez que se incorpora. El reflejo de la llama se nota en el sudor de su frente. —¿Qué hora es? —pregunta angustiado.

Te quedas mirándolo.

—Y yo qué sé, si estamos metidos en un maldito zulo —respondes.

Él se levanta y estira la manta.

—No te preocupes, yo sé qué hora es —afirma con plena seguridad.

—¿Cuál?, a ver...

Él se despereza y se acerca a ti.

—Las diez y trece minutos.

—¡Hala, bruto! ¿Cómo vas a ser tan exacto? Una cosa es que digas que son las nueve y media, las diez menos algo... ¿Pero las diez y trece minutos?

Gona te arrastra por el pasillo hacia el *saloon*. Al otro lado de la puerta, solo un camarero está en el local.

—Oiga, usted. ¿Podría decirme qué hora es?

El trabajador deja de frotar la barra y mira por la ventana el reloj solar que hay en el almacén de la acera de enfrente.

—Las diez y trece minutos. Bueno, ahora mismo y catorce minutos —os anuncia a la vez que limpia con el antebrazo el manchurrón que hay en el cristal donde pone las botellas.

Te quedas con cara de tonto. Las habilidades de tu amigo no dejan de asombrarte.

—Gracias. Por cierto, ¿podría prepararnos algo para desayunar? Con unos huevos con panceta sería suficiente.

El buen mesero capta la orden y pide a voces a la cocina que preparen desayuno para dos.

—¿Los aseos, caballero? —preguntas con educación.

El hombre hace un gesto hacia una puerta que hay en medio de la barra y al salir os veis en medio de un patio. Hay un pilón con agua en el centro, las letrinas del *saloon* están al otro lado.

Os laváis la cara y mientras te frotas las orejas con fuerza, decides preguntarle a tu amigo, que se está haciendo el lavado del gato, la duda que tienes como un taladro comiéndote la cabeza desde hace unos minutos.

—¿Cómo sabías que era exactamente esa hora? Sigo sin comprenderlo, y eso que le he dado bastantes vueltas.

Gona se ríe.

—Sencillo, es la hora a la que siempre me entra hambre.

—Aham —confirmas.

—Y, además, porque lo pone en mi reloj digital —responde a la vez que te muestra la pantallita.

—Y yo que creía que eras adivino.

—Y lo soy, adivino que te vas a quedar sin desayunar como no espabiles.

—Muy gracioso —refunfuñas.

Termináis de asearos y volvéis al *saloon*. Allí, en la misma mesa en la que jugasteis la primera vez con Magnus y sus amigos, nada más sentaros os colocan dos platos enormes rebosantes de panceta de cerdo frita, con huevos a la plancha encima y una hogaza entera de pan para vosotros solos. Para beber, dos jarras de cerveza llenas de espuma.

«Esta dieta es algo peligrosa para mis pobres arterias», piensas. Pero no puedes pedir otra cosa: ni cereales ni tortitas... Así que te toca aguantarte con el manjar. Lo único que pedís es que os cambien la cerveza calentorra por agua, cosa que hace el camarero a regañadientes y murmurando que sois una gente muy rara.

Una vez acabado el desayuno, del que no dejáis ni una miga, y reposados unos minutos para poder levantaros sin salir rodando después de tanta abundancia, regresáis a la sala de juego secreta para ocultar mejor el saco con todas las monedas de oro que ganasteis anoche. Gona saca varias, que se guarda. Al salir, entrega tres al encargado para pagar el desayuno y para que nadie acceda al cuarto. Para asegurarse este le entrega la llave del salón privado.

—Ahora, camarada, vayamos a encontrarnos con el Coyote.

Confirmas con un gesto, os ajustáis los sombreros y los dos salís del *saloon* con paso firme.

★ ★ ★

Una ráfaga de aire caliente y seco del lejano Oeste os golpea de vez en cuando la cara. Os ajustáis el pañuelo a la boca, para no tragar polvo, y os colocáis el sombrero. «Al final, no me va a quedar tan mal este estilo», piensas.

La calle se ve desierta, solo un matojo grande, reseco como un estropajo, da vueltas y vueltas de un lado para otro.

—Vayamos por allí —dice Gona—. Lo más probable es que las vías del tren estén por esa parte.

—¿Cómo lo sabes? —preguntas con desconfianza—. Vale que lo de la hora ha sido por tu reloj biológico... y por el digital, pero ¿cómo puedes estar tan seguro de lo que dices ahora?

Gona se detiene y te mira.

—¡Porque soy un vaquero de nivel cien y mi olfato me dice que es por aquí! —dice.

Tú olfateas y caes en la cuenta.

—Tienes razón, Gona, huele a carbón: un tren ha pasado por allí no hace mucho.

Él se sorprende.

—Así me gusta, que te des cuenta... —improvisa.

Después de diez minutos de caminata a paso ligero, veis las vías del tren a lo lejos.

—¡Mira, Gona, están allí! —gritas.

Tu amigo te tapa la boca.

—¡Shh! ¿Quieres que descubran que somos novatos? Se supone que nosotros somos unos superbandoleros y que hemos hecho esto decenas de veces.

—Tienes razón. Y ahora, ¿qué hacemos? Porque te recuerdo que para parar el tren necesitaríamos ir a ca...

—Caballo —termina él tu frase—. Exacto, pero no nos da la vida ni el dinero. Bueno, sí, el dinero sí, pero solo llevo un par de monedas y no creo que por esto nos den dos caballos de los malos malísimos.

En ese momento, un señor de mediana edad, con una camisa de cuadros azules se acerca dando gritos.

—¡Se vende caballo para atracos! ¡Se vende caballo para asaltos! —grita con voz fuerte.

Os miráis mudos por la sorpresa y os lleváis un alegrón, ¿será vuestra buena suerte la que de nuevo viene a ayudaros?

Echáis una mirada a vuestro alrededor, pero, por más que miráis a un lado y a otro no conseguís dar con el buen señor. Después de un rato buscando, hasta debajo de las piedras, cuando ya pensáis que ha sido una alucinación fruto del calor, lo encontráis medio escondido con el animal en venta detrás de un cactus.

—¿Ese es el caballo? —pregunta Gona entre carcajadas al verlos.

Tú te asomas y te echas a reír.

—¡Pero si es un poni con la crin y la cola de color rosa! —exclamas.

El señor interviene.

—¿Os gusta? ¡Os lo vendo! —dice entusiasmado.

—Es monísimo —hablas tú—, pero creo que no podrá con nosotros dos...

Al caballero no le gusta tu comentario, se siente humillado.

—¿Que mi Azucarillo no puede con vosotros? ¡Este animal es un salvaje, una auténtica y adorable máquina de matar! Por eso lo recomiendo para asaltos a trenes, por ejemplo —exclama enfadado—. Y por ser vosotros, que sois una panda de desconfiados, os lo dejo por dos monedas de oro así de gordas. —El vendedor dibuja el grosor con los dedos.

—¿Estás seguro de que aguantará? —insistes.

—La duda ofende, y si te pones pesado y no me crees, te reto a un duelo.

—Pero qué picajosos son todos en este pueblo —te quejas.

Gona saca de su bota las dos monedas de oro y se las entrega al «tratante de ganado».

—Aquí tiene. ¿Este animal tiene radio o va directamente por *bluetooth*?

Tú le pisas indiscretamente el pie para que se calle y deje de decir bobadas. Él recapacita y cierra el pico.

—También tengo una vaca, pero esta ya os digo yo que lleva mucho tiempo sin dar leche. No sé qué le pasará a mi Julieta querida... —Señala un esqueleto de vaca perfectamente colocado y con un cartel colgado de lo que fue su cuello en el que aparece su nombre.

—No, no, muchas gracias, con... ¿Azucarillo? Sí, sí, Azucarillo, tenemos suficiente. Gracias.

Gona sujeta la parte anterior del sombrero y hace un movimiento de cuello para darle las gracias. El vendedor desaparece. Os quedáis mirando al animal, que a su vez os vuelve la cara con indiferencia.

—¿Dónde está mi terroncito lindo? —le pregunta Gona al poni con una voz más que repelente. Como esas que ponen las ancianitas cuando enganchan de la mejilla al bebé. El animal le suelta un bocado que casi le arranca el sombrero—. ¡Malo, Azucarillo, malo! —le reprende.

Tú contienes las carcajadas.

—Venga, vamos, que se va a pirar el Coyote antes de vernos...

—Está bien, está bien —dice tu amigo y se monta de un salto en la silla que lleva encima el poni—. Por cierto, tú te montas detrás, que yo ahí me mareo —añade. Tú asientes y te colocas como puedes en el lomo y te agarras con fuerza rodeando la cintura de Gona, apenas cabéis los dos y la figura que hacéis en conjunto es bastante ridícula. Suplicas al cielo que el animal tenga fuerzas suficientes para llevaros sin troncharse la espalda—. ¡A la *one*, a la *two*, a la *one*, *two*, *three*! ¡Arre, Azucarillo bonito! —le grita mientras agarra con fuerza las riendas.

El animal sale despedido como una centella hacia donde Gona lo dirige; sin duda, tiene mucha más fuerza que vosotros dos juntos.

El caballito se detiene justo al lado de las vías. Parece que todavía no ha llegado nadie, aunque, quién sabe.

—Tienen que estar por aquí... —susurra Gona.

Tú vigilas la retaguardia, no vaya a ser que os metan un tiro por la espalda y seas tú quien reciba la sorpresita.

—No sé, Gona, por aquí no hay ni un arbusto. Bueno, sí, un arbusto sí que hay, justo allí —Señalas.

—Ahora tenemos que poner cara de malos malísimos requetemalos, ¿entendido? —Tú te encoges de hombros—. A ver, tienes que subirte el pañuelo hasta la nariz, agacharte el sombrero y poner los ojos achinados: como si sospecharas de todo.

Asientes. Después de esas instrucciones, queda mucho más claro.

Pasito a paso en el poni, cada vez estáis más cerca del arbusto.

—¡Eh! ¿Quién demonios anda ahí? —grita un bandolero que está escondido dentro.

Vosotros os miráis.

—¡No andamos, listo, cabalgamos! —aclara Gona.

—Ni indimis, listi, kibilguimis —se burla el otro—. Pues apartaos de ahí, que los bandoleros de verdad tenemos que trabajar —os explica.

En ese momento vuestras caras se iluminan llenas de esperanzas cuando el hombre se pone de pie. El tipo parece bastante rudo. Su pañuelo negro se confunde con su espeso bigote y sus pantalones rasgados le dan un aspecto de persona valiente que solo es comparable con el que transmiten sus botas de cuero.

—No serás tú el Coyote, ¿verdad? —le preguntas.

Él os mira sorprendido.

—¿Quién lo pregunta? —dice.

—Yo —respondes.

—¿Por qué? —vuelve a preguntar.

—Por que sí.

El hombre se queda meditabundo.

—Tu retórica me ha ganado. Así que tendré que contestar a tu pregunta: no, no soy el Coyote. Yo soy John el Sacamuelas.

Suspiráis con decepción.

—Parece que nunca lo vamos a encontrar —le dices a Gona.

Él te da una palmadita en la espalda.

—Oye, ¡pero si tú eres mi primo! —le grita por sorpresa al bandolero.

John se sorprende al escuchar eso.

—¿Cómo que tu primo? —pregunta.

Gona improvisa con rapidez.

—Sí, jolín, será que no hemos correteado juntos cerca del río. ¡Y la de veces que le hemos roto las latas al señor Smith!

Gona contiene la respiración. Su jugada le puede salir bien o, muy probablemente, mal.

El Sacamuelas entorna los ojos. Se toma su tiempo para analizar la figura de su supuesto familiar y de repente su cara se ilumina.

—¡Ostras, sí, eres tú! —grita con los brazos abiertos.

—¡Ufff! —dices tú a la par que te secas el sudor.

Gona se deja abrazar y sonríe porque su argucia ha salido bien.

—¡Cómo te echaba de menos, primito mío! Por cierto, ¿sabes que yo también soy bandolero? —le dice.

—Jolín, qué casualidad que hayamos coincidido aquí. Y con la misma profesión, cómo se nota que somos familia. La verdad es que nos vendrá muy bien a todo el equipo vuestro apoyo.

Tú intervienes.

—¿A todo el equipo? ¿Cuántos sois? —preguntas.

John os mira y empieza a contar con los dedos.

—Somos los tres tipos más duros de la región: Walker el Matavacas, un amigo suyo y yo —contesta.

«¡El otro tipo tiene que ser el Coyote! ¡Sí, no cabe ninguna duda!», exclamas para tus adentros, pero no te atreves a preguntarlo directamente.

—¿Y dónde se han metido? Porque seguro que el tren tiene que estar a punto de pasar...

—Buena pregunta —dice el bandolero—. ¡Ah, ellos salían por el este, directamente llegarán aquí a la hora exacta! —sonríe—. Ahora, os contaré qué es lo que hay que hacer cuando el tren esté justamente a cincuenta metros de nosotros. ¡Rápido, meteos en el arbusto!

A toda prisa, con la nariz pegada en el suelo, vuestro nuevo familiar os cuenta el plan. Aunque tienes algunas dudas, las cosas principales están claras: cuando la locomotora esté a cincuenta metros de vosotros, saltaréis sobre Azucarillo y empezaréis a galopar hasta alcanzar la distancia suficiente para poder subir al techo de esta, y ese será el momento en que John y sus amigos, entre ellos probablemente el Coyote, llegarán por el otro lado y subirán al convoy.

Los nervios florecen en vosotros cuando escucháis el traqueteo del tren y llega a vuestras narices el olor a carbón.

—¡Preparaos! —grita John. Ya veis a lo lejos la locomotora. Y un rayo de luz intermitente ciega vuestros ojos—. ¡Son ellos! Ya están detrás de ese montón de piedras que hay al otro lado de las vías.

Vosotros estáis emocionados, aunque los amigos de John no han dado la cara, sabéis que el Coyote tiene que estar allí.

—Esto va a ser muy chu-chu-chuli —dice Gona.

—Ya te digo, chu-chu-rrupete —dices tú.

Os ponéis a reír. John se gira para recordaros algo.

—Sé qué es una obviedad, pero tened cargados y listos vuestros revólveres. Que esto va a ser divertido.

Vosotros os miráis.

—¿Esto es igual que como en el videojuego? —preguntas.

Gona asiente y ambos cargáis de balas vuestros revólveres a toda prisa.

El bandolero os da un toque en la pierna para que estéis listos. A duras penas consigues cerrar el cargador y te preparas.

—¡Ahora, corred, montaos!

Como si de una estampida se tratara, salís de vuestro escondite y los amigos de John del suyo.

El silbido del tren os desorienta un poco, pero conseguís cabalgar sobre Azucarillo, que demuestra comportarse como un auténtico caballo bandolero de raza.

—¡Vamos, vamos! —grita Gona—. Arre, *salao*, arre.

Tú te agarras a tu amigo con fuerza.

John se pone en paralelo a la locomotora por el lado derecho, sus amigos lo hacen por el izquierdo.

Justo en ese momento, el conductor pide que ahoguen el motor de la máquina y no echen más carbón. El aparato se detiene casi en seco.

«¿Por qué habrá parado de golpe? ¿No es bastante peligroso? —piensas—. A no ser que...», dejas de darle vueltas, te toca prestar atención a la realidad en la que os encontráis.

Los demás bandoleros se colocan frente al tren, que ya se ha detenido por completo, en medio de las vías y desenfundan las pistolas. Vosotros os quedáis en el lado derecho, encima de Azucarillo.

Del primer vagón descienden tres agentes de la ley que os encañonan a vosotros.

Levantáis las manos, asustados, esto no os lo esperabais. Ahora mismo hay tres grupos que forman un triángulo en el que unos se apuntan a los otros: el de los agentes de la ley a los bandoleros y a vosotros, el de los bandoleros a los agentes y el vuestro, que no apuntáis a nadie.

—Ya está bien de que me intentéis atracar una vez más. Me tenéis harto. Menos mal que en esta ocasión he tomado medidas —grita el conductor: un señor uniformado, con un bigote muy poblado, que no mide más de un metro y medio y cuya cara y planta os suenan muchísimo.

—Esta vez se os acabó el chollo, alimañas del desierto —vocea—. ¡Habéis picado al comprar el poni de mi hermano gemelo! Es mi nueva táctica para identificar cuándo me van a atracar. ¡Ja, ja, ja!

«¡Ostras, es cierto, es idéntico al señor que os vendió a Azucarillo, pero con un uniforme cutre!», piensas.

Los agentes os apuntan ahora directamente a vosotros. Los otros bandoleros, a ellos.

—¡Este es nuestro fin, Gona! —le dices a tu amigo—. Se nos acabó el chollo...

Por la mejilla de tu amigo ves rodar una lágrima. Sin duda, se siente culpable por haberte involucrado en una aventura tan peligrosa. Se acerca una mano a la mejilla y del interior de su chaleco cae la estrella de *sheriff*.

En el silencio y seguida por la mirada de todos, rueda hasta el centro del triángulo y se para haciendo un sonido metálico al caer de lado, ahora son los bandoleros quienes apuntan directamente a la cabeza de Gona.

Tú no puedes más con los nervios de la situación. Tu amigo cierra los ojos, sabe que aunque los agentes de la ley disparen a los bandidos, es más que probable que alguna bala impacte sobre vosotros y eso sería el fin.

De pronto. ¡Pum, pum y pum! Son tres disparos certeros dirigidos a las armas de los delincuentes. Gona se tira al suelo, asustado.

Todos te miran a ti y a tu revólver humeante. Los bandoleros han sido desarmados por tres disparos limpios y están en estado de *shock*.

Gona levanta la cabeza y te mira estupefacto. No da crédito a lo que acabas de hacer.

—¿No me dijiste que esto era igual que en los videojuegos? Tengo doscientos puntos en disparo, chaval —respondes.

En ese momento, los agentes de la ley se abalanzan sobre los malhechores y los arrestan.

—John el Sacamuelas, Walker el Matavacas y Paul el Indio, los bandoleros más peligrosos del lejano Oeste, quedáis detenidos —dice el que parece el jefe—. Enhorabuena, muchacho —añade dirigiéndose a ti—. Tienes una rapidez y puntería que ni en los mejores duelos.

Los miráis con atención, mientras, el conductor de la locomotora se acerca rápidamente a vosotros.

—¡Guao! ¡Has disparado con la velocidad de un coyote! —grita el maquinista—. Te felicito, muchacho —apunta con el dedo y luego te estrecha la mano.

En ese momento, Gona y tú os miráis fijamente.

—Con la velocidad de un coyote... —susurras a la vez que en tu rostro vas dibujando una mueca de felicidad.

—¡Tú eres el Coyote! ¡Tú eres el Coyote! ¡Tú eres el Coyote! —grita y repite Gona una y otra vez. Sin duda, tu agilidad para apuntar y tu rapidez para actuar con decisión te han permitido dar en el blanco y salvarle la vida a tu amigo—. ¡Todo este tiempo hemos estado buscándote!

Ambos os abrazáis felices y os echáis a reír.

8

LA VUELTA

Emocionados y con lágrimas en los ojos os separáis un poco y, sujetos por los brazos, os miráis.

—Esto lo sabía —dice Gona convencido.

—¿En serio? Anda ya, no te lo crees ni tú —le replicas entre risas.

—Que sí, que algo dentro de mí me decía que el Coyote estaba cerca, cerca, cerca...

—Vale, lo que tú digas, ja, ja, ja —Tu amigo es incorregible y, por eso, os lo pasáis tan bien juntos—. Venga, volvamos al pueblo.

Dejáis atrás el tren, seguidos por los policías con los ladrones apresados y los gemelos. Formáis un grupo de lo más atractivo: delante Gona y tú cogidos por los hombros y cantando canciones inventadas a pleno pulmón, detrás los tres policías llevan cada uno a un preso atado por una cuerda a la cintura que, además, le sujeta las manos a la espalda. Los policías van serios pero contentos y los ladrones enfadadísimos. El que más enfurecido está es John el Sacamuelas, que entre dientes va mascullando maldiciones mientras os mira con odio:

—Traidores, polizontes, feos.

Cierran la comitiva el maquinista y su hermano gemelo que van encantados dándose porrazos en la espalda el uno al otro.

A vosotros os importa todo ese escándalo cero patatero. Lo mejor es haber descubierto la verdadera naturaleza del Coyote y que encima hayas resultado ser tú. Es muy emocionante. ¡Lo más emocionante que te ha sucedido nunca! Tantas horas de videojuegos al final han dado resultado y no puede haber salido mejor: salvas la vida de tu amigo, apresáis a los bandidos, demuestras que eres el mejor disparando... ¡Qué momento de gloria!

A medida que os acercáis al pueblo os dais cuenta de que todos los vecinos han salido a la calle central al oír los disparos y el griterío que estáis montando. Mientras desfiláis delante de ellos, se van quedando con la boca abierta al ver a los peligrosos bandidos apresados y a Gona con la estrella de *sheriff* prendida en la solapa.

Cuando enfiláis la calle principal, os quedáis pasmados de asombro. Allí está el dueño de la vaca Duquesita, con Duquesita, sacudiendo un sombrero de paja; los dos señores Smith, muy serios, aunque el segundo lleva una aparatosa venda en la cabeza, están aplaudiendo y haciendo reverencias; están las primas, la vieja y la joven, cuchicheando y saludando tímidamente con las manos; el aprovechado que te hizo limpiar el estiércol hace gestos y alternativamente se señala a él mismo y a ti, como si fueras su mejor amigo; el enfadica de Tadeo os mira muy serio, con los brazos cruzados y la boca apretada; detrás de un arbusto reseco os saluda muy alegre el preso Billy el Tiquismiquis al que librasteis de la cárcel; en la lejanía, hacia la zona del río, los apostadores de caballos y los jueces estiran el cuello para enterarse de lo que pasa y se pelean por unos prismáticos que han salido de vete tú a saber dónde; las chicas del *saloon*, bailarinas y camareras, saludan con pañuelos y gritan vivas; Willy el camarero y el pianista están unidos en un emocionado abrazo; los jugadores de póker tiran los sombreros al aire y gritan ¡yijai, yijai!, bueno, Magnus lo tira de mala gana; por su parte, los clientes del *saloon* van dando tumbos y cayéndose unos encima de otros, no saben lo que pasa, pero ven que hay juerga y se apuntan; en el río, los buscadores de oro han hecho una torre humana, como si fueran artistas de circo y el de arriba del todo aplaude; los del rodeo se han acercado al extremo opuesto de la calle y comentan el suceso; a lo lejos, sin que nadie le haga el menor caso, Nubecita Feliz da brincos, saltos y relinchos. A quien no se ve por ningún lado es al *sheriff* que salió pitando, ¡para un momento de gloria que podía tener el pobre hombre!

Llegáis al centro del pueblo y Gona, como recién autoproclamado *sheriff* dice a grito pelado:

—John el Sacamuelas, Walker el Matavacas y Paul el Indio, yo os declaro culpables de bandidismo, ala, arreando a la cárcel. Ayudante Coyote, ya les estás encerrando.

—Tendrás morro —le dices a Gona.

Un murmullo cada vez más alto recorre la calle.

—¡El Coyote!

—¡El famoso Coyote!

—Pues mira que yo pensaba que era más alto.

—Este Coyote se parece a uno que conocí en un rancho.

—Yo creo que lo vi cuando llegó el de los crecepelos.

Cuando agarras a los tres bandidos por las cuerdas y les arrastras hasta el puesto del *sheriff* ya todo el pueblo se lanza a dar gritos y a bailar. De no se sabe dónde salen una guitarra, un banyo y un contrabajo y se organiza un baile improvisado. Willy, ayudado por las camareras, empieza a sacar las mesas del bar y a montar un chiringuito.

—Esta gente sí que sabe improvisar una fiesta —comentas.

—Sí, y espero que preparen una barra de cócteles de frutas con sombrillitas de papel, eso es lo mínimo —corrobora tu amigo.

Tras encerrar a los bandidos en la celda, los tres policías se quedan en la oficina del *sheriff* dando pasos de acá para allá sin saber qué hacer. Gona y tú os miráis. Ya habéis cumplido con vuestra misión y, tras tantas aventuras, sin deciros nada, sabéis cuál es el siguiente paso. Te encanta esa sincronización.

—¡Eh, jefe! —dice Gona al policía que manda en el grupo—. Nosotros, aunque somos unos héroes, la verdad es que solo estamos aquí de paso. He pensado, bueno, el Coyote y yo pensamos —corrige al oír tu carraspeo— que igual está usted interesado en el puesto de *sheriff*. Todo son ventajas, oficina propia, los forajidos ya en la cárcel, un clima estupendo...

—No te pases, que hace un calor que achicharra —susurras.

—Y un clima cálido —matiza Gona—. Tan cálido como estos entrañables aldeanos que nos rodean con su amor incondicional...

—¡Que no te pases! —repites entre dientes.

—Bueno, estos aldeanos que ya ve, son feísimos, pero qué le vamos a hacer.

Miras a Gona, o se calla enseguida o el policía va a marcharse. Es un tipo con aspecto de duro, alto, muy fuerte y parece buena persona, pero está muy serio y no se sabe si los comentarios de Gona le hacen gracia o no. Os mira de manera alternativa y luego se gira hacia sus hombres.

—¿Os parece, muchachos, que nos quedemos en este sitio a hacer respetar la ley y el orden?

—¡Sí, señor! —contestan los dos chicos a la vez de forma tan contundente que Gona y tú os asustáis.

—Pues trato hecho, ha sido un placer —tiendes la mano al policía que te la estrecha con tal fuerza que los huesos te crujen.

—Aquí tiene la estrella que le acredita como *sheriff*. —Gona le prende la estrella en la solapa de la chaqueta a la nueva autoridad del pueblo, que no cambia su gesto marcial. Cuando acaba, se dan la mano y se oye de nuevo el crujir de huesos—. Por mi parte, eso es todo, y ahora, si me disculpa, voy a meter la mano en agua fresquita, a ver si no me sale un moratón; por otro lado, tengo una sed y un hambre que me muero, así que me voy afuera a ver si pillo algo.

Salís a la calle y os unís a la fiesta con entusiasmo, el pianista se ha incorporado a la pequeña orquesta de cuerda que se ha instalado en el porche del *saloon*. Al veros, os reciben con vivas, os dan vasos con zarzaparrilla y os obligan a bailar a saltos.

—¡Qué gente más agradecida! Estoy por quedarme a vivir aquí —dice Gona dando brincos.

—¡De eso nada! —exclamas—. Todavía huelo a estiércol, me duelen los huesos de la caída del caballo, recuerdo que casi me da un infarto cuando...

—Vale, vale, que ya lo he entendido, lo que ocurre es que eres un blandengue.

—Qué blandengue ni qué blandengue. Lo que pasa es que si no regresamos te verás en un lío más grande que los que hemos pasado aquí.

—Tienes razón, y cuando tienes razón, te la doy, porque lo razonable es razonar... —Gona se enreda en sus propios pensamientos, así que decides sacarle del bucle, le agarras de la mano y tiras de él hacia la armería del señor Smith.

Al veros entrar, el señor Smith, que, tras la algarabía, se encontraba de nuevo en su tienda y estaba en una mesa tan tranquilo con su vasito de licor, se levanta de un salto y os sigue a toda velocidad agarrándose el vendaje de la cabeza. Parece mentira, con lo estirado que estuvo la vez anterior, ahora resulta que es más empalagoso que un melocotón en almíbar metido en un frasco de azúcar. Sonríe y se retuerce las manos con una actitud tan humilde que tenéis que contener la risa.

—¡Oh! Señores, cuán honrado me siento de que visiten de nuevo mi humilde morada, ¿en qué puedo servirles? —Parece que va a partirse la columna con tantas reverencias. A vosotros os hace mucha gracia.

—Hola —le dice Gona—. Espero que la ropa de mi amigo el Coyote le fuera útil.

Te quedas mirándolo sin dar crédito, ¡cómo se le ocurre sacar ese tema! A saber el cabreo que se cogería el hombre cuando al despertar, además del golpe que lo dejó turulato, viera que como pago a sus dos preciosos revólveres habían dejado un montón de ropa usada y sin lavar siquiera. Para tu sorpresa, el señor Smith abraza a tu amigo.

—Me siento muy honrado por poder llevar la ropa que ha vestido a los héroes que han librado a nuestro pueblo de malhechores. Qué digo llevar, esa ropa estará expuesta en una vitrina para que todos los que entren la vean y la veneren.

«Esta gente es una exagerada», piensas, pero Gona tiene una sonrisa de oreja a oreja, está encantado.

—Me parece muy bien, es lo que esperaba de alguien con su sensibilidad.

—¿Puedo hacer algo por ustedes? —pregunta el hombre con otra reverencia. Como siga así se va a descoyuntar.

—Pues sí, verá —contesta Gona—. Los revólveres que nos vendió, que son preciosos, para su información, están casi nuevos.

—¿Quieren devolverlos? —pregunta el señor Smith, sus ojillos se llenan de avaricia, piensa en lo genial que sería quedarse con los revólveres y la ropa del Coyote. Organizaría romerías, se forraría.

—No, no. Verá, en el de mi amigo queremos grabar una inscripción.

—De acuerdo, ¿qué va a ser? —Desilusionado, el hombre se pone detrás del mostrador y saca una máquina enorme con manivelas y pinchos. Coge el revólver que le estás tendiendo, lo coloca en un soporte, agarra una rueda y se queda mirando a la espera de lo que le digáis.

—Grave con letras góticas bien chulas en la culata: *el Coyote*.

Miras a tu amigo con los ojos llenos de lágrimas. Este Gona es el tipo más especial que has conocido en tu vida.

A la salida de la tienda, Gona te conduce a la parte trasera de una casa, no quiere que nadie oiga la conversación que vais a tener.

—Ahora es necesario hacer algo importante para no alterar el futuro.

—Dime —dices expectante.

—Según la información de los recortes de prensa que tengo en mi casa, el revólver del Coyote se halló debajo de una piedra en forma de cactus. Tenemos que localizar esa piedra y dejarlo escondido, tal como dicen que estaba, para que lo puedan encontrar a su debido tiempo.

—De acuerdo, y ¿dónde está esa piedra?

—Ese es otro misterio a resolver.

—¿Sabes cómo es?

—Pues gris, grande y con forma de cactus.

—Pero ¿qué cactus?

—Pues de los que tienen pinchos, cuál va a ser.

«Esto parece que no se acaba nunca», piensas, pero se te ocurre una idea.

—Podemos preguntar a los del baile, como están tan contentos y a lo suyo, no sospecharán nada.

Salís del escondrijo y haciendo como que bailáis para disimular os acercáis a la gente que sigue dando brincos como loca.

—Señorita —le dice Gona a una de las camareras que da botes alrededor del tipo del estiércol—, como somos de fuera queremos hacer algo de turismo, ¿podría indicarnos algún sitio pintoresco, con vistas panorámicas desde las que se puedan sacar buenas fotos para poner en Instatucam?

La chica queda mirándoos con la boca abierta, no ha entendido nada. Agarras por el brazo a Gona.

—Mira que te lo he dicho... que no estamos en el presente, que estamos...

—Sí, ya, ya —te interrumpe y hace un gesto—. Ese de ahí parece espabilado. Además, lleva una gorra con una cola de castor, seguro que es un explorador que conoce la zona a la perfección. ¡Eh!, buen señor, pareces de por aquí. ¿Nos puedes hacer un favor?

El hombre se acerca supercontento. Los protagonistas de la fiesta lo reclaman. Va mirando a derecha e izquierda para hacerse el chulito, pero se desilusiona un poco al ver que nadie le hace mucho caso.

—Daniel Requetebum, trampero, explorador y comerciante de alpargatas, al servicio de los héroes —se cuadra como un militar y os dedica una enorme sonrisa. Te asombras mucho, parece que tiene más dientes que el resto de la gente, o por lo menos más grandes. Lo cierto es que relucen.

—Queremos conocer una piedra en forma de cactus, que nos han dicho que tiene mucha fama —dices antes de que Gona abra la boca y meta de nuevo la pata.

El explorador se queda mirando al cielo, como si buscara en él una respuesta y de repente se le ilumina la cara.

—Ya sé a lo que os referís. A la gran piedra de la chumbera petrificada.

—¡Sí! A esa nos referimos —exclama Gona, que empieza a dar saltos—. ¿Cómo se me pudo olvidar un nombre tan dulce y poético? Así la llaman en los recortes...

—Eso, eso —interrumpes a Gona antes de que diga algo inconveniente—. ¿Está muy lejos?

—No, como a unos quince minutos dando un paseíto —dice Daniel Requetebum moviendo las manos—, es una de las atracciones locales. Yo os guío.

—¡No! —gritas dándole al amable explorador, trampero y comerciante un susto y, de paso, un disgusto—. No es que despreciemos tu ayuda, es que para nosotros es un sitio especial, recuerdo de nuestros antepasados, y queremos estar solos.

—Bueno —se resigna el hombre—. Pero me habría hecho ilusión hacer de guía.

—Para compensar —Gona rebusca en su mochila—, ten un bolígrafo. ¿Ves? Le das aquí y sale la punta, le vuelves a dar y se esconde.

—Y qué es esto, para qué sirve.

—Mira —Gona hace «clic» con el boli y escribe en la manga de la camisa de Daniel Requetebum: «Aquí ha estado Gona. ¡Hala!».

Con los ojos que casi se caen del asombro, el explorador agarra con una mano el boli y con la otra señala un punto en el horizonte. Para que no pueda seguir haciendo preguntas, salís corriendo como si estuvierais montados en un cohete.

Como vais a toda velocidad, en cinco minutos os encontráis en una planicie llena de piedras a cada cual más estrafalaria.

—Ahora solo queda encontrar la que tiene forma de cactus —reflexionas en voz alta.

—Déjame —dice Gona—. Mi instinto nos dirá dónde está sin necesidad de brújula ni mapa. Essss... ¡Por ahí!

—¿Cómo puedes estar tan seguro?

—Pues porque tengo la intuición de un sabueso, la inteligencia de un superhéroe, la elegancia de un agente secreto, la guapura de un modelo y porque en ese cartel pone «Visita la gran chumbera petrificada. Maravilla de la naturaleza que te va a dejar turulato» y debajo hay una flecha.

Mondándose de risa, Gona se pone a andar hacia la piedra, tú le sigues algo mosqueado. Parece mentira, pero siempre caes como un pardillo.

En efecto, a pocos metros del cartel indicador se levanta una mole de piedra que recuerda una chumbera. Las formas redondeadas, el color tirando a verde y piedrecillas pegadas le dan un aspecto que... vale, de acuerdo, hay que tener mucha imaginación para que recuerde una chumbera o cualquier otro tipo de cactus, pero esa es la piedra, sin duda, un tablón con la leyenda «Gran chumbera petrificada. Monumento nacional» colocado justo debajo no deja lugar a dudas.

—Vamos a la tarea. —Gona se agacha y empieza a escavar al pie de la enorme mole. Cuando tiene un agujero de unos treinta centímetros de profundidad, saca su revólver de entre el cinturón y la barriga y lo deja en el fondo—. Adiós, amiga —le dice—. Lo cierto es que he cargado contigo todo este tiempo para nada y al final te tengo que dejar. Me da hasta pena.

—No pasa nada —le pones la mano en el hombro—, es lo que hay que hacer.

—Pues sí.

De repente, animado, Gona cubre el arma con arena y aplasta la superficie para que no se note que se ha hecho un hoyo. Se vuelve hacia ti sacudiéndose las manos con una sonrisa que le ocupa toda la cara.

—En marcha, misión cumplida.

El camino de vuelta hacia el establo donde dejasteis a Cortocircuitos no os lleva mucho tiempo. Al llegar a la puerta, Gona se detiene.

—Entra y ve preparando las cosas, me ha entrado un hambre que me voy a desmayar, vuelvo a la fiesta a ver si encuentro un puesto de *pizza*. Toma el mando a distancia de Cortocircuitos —dice a la vez que revuelve en su mochila y saca un llavero con forma de oso panda.

—De acuerdo.

Mientras cruzas la puerta piensas: «Este Gona, siempre hambriento. Seguro que van a alucinar pepinillos cuando pida *pizza* y no sepan lo que es». Y te sonríes.

Para hacer tiempo mientras regresa, te dedicas a quitar de encima de Cortocircuitos la paja que lo camuflaba y a dejarlo bien limpio y reluciente. Abres las puertas de alas de gaviota con el mando a distancia. Acomodas la mochila y, cuando te vas a sentar, te das cuenta de que no llevas el revólver en el que mandasteis grabar *el Coyote*. «Vaya», piensas entristecido, «se debió de quedar en la armería del señor Smith. Qué pena. Para una prueba que tengo de esta aventura y de que soy un tipo de leyenda, lo pierdo».

Estás a punto de salir corriendo a buscarlo, cuando entra Gona y te pilla justo saliendo del coche.

—¿Adónde vas?

—A por el revólver, se quedó en el mostrador del señor Smith.

—No hay tiempo —apremia tu amigo—, el plazo se cumple en tres minutos, si no salimos enseguida nos quedaremos atrapados para siempre en este pueblo.

—¡Pero es que es mi revólver! —lloriqueas—. Y tú has podido ir a merendar.

—Y por eso yo llevaba la estrella de *sheriff* y tú no. Venga, adentro.

Os metéis en el DeLorean y Gona empieza a subir y bajar palancas.

—Reposabrazos, retrovisor, asientos verticales, posavasos con su cola, ¡anda, se me olvidó y la dejé aquí! En marcha. ¡Hola, Cortocircuitos!

—Hola, Gona y compañía —contesta el DeLorean—, me alegro de volver a veros.

—Y nosotros a ti, corazón pinturero.

—¿Vamos a alguna parte?

—Sí, volvemos a casa.

—De acuerdo. Fijando coordenadas.

De nuevo, un humo denso sale de debajo del coche e inunda el establo. No puedes ver nada a través de las ventanillas.

* * *

Tras un tiempo que no sabrías decir si es mucho o poco, el humo se ha despejado y os encontráis en el garaje de Gona como si nada hubiera pasado.

—¡Qué gusto da el trabajo bien hecho! —dice—. Y ahora a echar una siestecita, que me la merezco.

—¿Y yo? —preguntas.

—Tú te la echas en tu casa. Será posible que todo tengo que decirlo...

Sales del coche con la mochila en la mano, cuando te vuelves para decirle adiós a Gona, este ya ha desaparecido.

9

EL PAQUETE

Has dormido toda la noche de un tirón. Nada te ha sobresaltado. Te despiertas lleno de energía, con la mente en blanco. Empiezas a desperezarte y bostezar. En este momento, vienen a tu cabeza imágenes de la increíble aventura que has vivido con tu amigo Gona. Los lugares, las personas y, sobre todo, la revelación final, la verdadera identidad del Coyote.

Miras el teléfono que te dejaste olvidado en casa y del que no te acordabas. Nada, ni un mensaje, ni un aviso de llamada. «Y si me lo hubiera llevado, ¡menudo fracaso!, en el lejano Oeste no hay cobertura», piensas y te empiezas a reír de tu ocurrencia. De hecho, te pones tan contento que decides darle una sorpresa a tu amigo, le llevarás su desayuno favorito: rosquillas de azúcar.

Saltas de la cama, te metes en la ducha y empiezas a cantar la misma canción que Gona y tú os inventasteis cuando volvíais del tren con los bandidos atados como longanizas. Con cada nota, te sientes más eufórico y feliz. Sales del agua y te secas, te pones lo primero que encuentras en el armario y coges del suelo la ropa de vaquero que compraste en el almacén del señor Smith, que está hecha un asco. Te diriges al piso de abajo, cruzas el salón y la metes en la lavadora, excepto las botas, que dejas al lado de la nevera para limpiarlas más tarde, y sacudes el sombrero, que suelta tal cantidad de polvo que te entra la tos. Vuelves a la sala con el sombrero en la mano para dejarlo en el perchero y te das cuenta de que dejaste el videojuego *Tiros tirados por tirar en el Misisipi III* en pausa. «Jueguecitos a mí. Yo soy el tirador más rápido del Oeste. Je, je, je», piensas. Con un vuelo acrobático, el sombrero queda colocado en el perchero. «Os vais a enterar cuando vuelva».

Camino de casa de Gona te paras en la panadería y pides todas las rosquillas de azúcar que tienen. Hoy tenéis un montón de cosas que celebrar, así que cargas con una bolsa enorme con tres kilos de rosquillas que, además, tienes que llevar con toda delicadeza, no vayan a aplastarse y tengáis que desayunar sopa de leche con migas de rosquillas. Para no estropearlas, decides pasar del autobús, tampoco hay prisa, seguro que Gona no se va a ir a ninguna parte.

Esta vez no corres, vas tranquilo, disfrutando de las calles y del sol, así que tardas un buen rato en llegar a tu destino. El camino te permite repasar todos los pormenores de la aventura y caer en la cuenta de que hay un punto que te inquieta, que no acabas de ver claro y que estás deseando preguntar a tu amigo.

Cuando llegas a su casa, el jardín tiene el mismo aspecto descuidado de la última vez. «Pues no seré tonto, si ayer estuve aquí, lo raro sería que estuviera cuidado y regadito», piensas y te sonríes. Con esa expresión y con un ánimo estupendo te acercas a la puerta de entrada y llamas al timbre. Mientras esperas, te vuelves y ves a la vecina de enfrente con su niño que se esconden tras la cortina de una ventana de su casa. Los saludas alegre con la mano. Serán cotillas...

—Deja el paquete en el suelo —dice Gona de repente detrás de la puerta.

—¡Que soy yo! Abre.

—¿Quién es yo?

—¿Pero qué pregunta es esa? El Coyote.

Tras un silencio, Gona vuelve a preguntar:

—¿Traes desayuno?

—Sí —contestas y subes la bolsa de las rosquillas a la altura de la mirilla de la puerta para que tu amigo pueda verlas.

—Eso se dice lo primero —dice a la vez que abre a toda prisa—. Tengo un hambre que me desmayo.

—Me lo imaginaba, mira, son tus favoritas.

—¿Y el chocolate?

—¡Jolín, Gona! Que parece que lo tengo que hacer todo, yo solo he pasado por la panadería.

—Te perdono por esta vez, pero que sea la última. Menos mal que pedí a Teledesayuno chocolatero, su proveedor puerta a puerta, veinticinco litros de chocolate.

—¡Veinticinco litros!

—Pocos, ¿verdad? Si es que me suelo quedar corto en la comida, a ver si nos vamos a quedar con hambre.

Suspiras, así es tu amigo. Lo miras, lleva el pijama y las zapatillas del día anterior y el pelo está tan revuelto que parece un nido de pájaros locos. Pasáis a la cocina y, en efecto, encima de la mesa se amontonan las lecheras de medio litro con el chocolate todavía caliente.

—¡Vamos allá! —exclama Gona frotándose las manos—, saca esas rosquillas, forastero.

No puedes por menos que reírte, ha estado muy gracioso, así que abres la bolsa y vacías su contenido en una enorme fuente de cristal, os acomodáis en las sillas enfrente de la mesa, cada uno coge una de las lecheras y os ponéis a mojar las rosquillas como locos. No paráis de zampar hasta que las acabáis. Por supuesto, quedan muchas lecheras llenas todavía.

—Puff, Gona, no puedo más. Te queda chocolate para días y días.

—Que va, esto me lo meriendo, aunque no tendré nada para mojar. Has traído pocas rosquillas.

Te quedas mirando la cantidad enorme de chocolate que queda, pero de Gona te esperas todo. Si él dice que se lo merienda, se lo merendará.

—Ven —te dice—, tengo que enseñarte una cosa.

Le sigues hasta la sala atestada de trastos y recortes de periódicos. Apartas con cuidado una pila de libros que ocupan un sillón y te sientas. Gona está revolviendo todo rezongando.

—Pero si lo acabo de ver, pero si lo había puesto aquí, con lo ordenado que soy, que no se me escapa una. Por fin, si estaba donde tenía que estar —dice totalmente convencido a la vez que saca un periódico de debajo de la alfombra—. Toma, es el periódico de la semana que viene, abre por la página cinco.

Con intriga haces lo que te dice y empiezas a gritar lleno de alegría y alivio.

—¡Qué buena noticia! ¡Genial! Somos los mejores.

Gona, sentado en el sofá, rodeado de papeles y paquetes, sonríe. Tú no te cansas de mirar la foto de la noticia, es de la pistola que enterrasteis al pie de la chumbera petrificada. El titular es espectacular «El robo que no fue o los del museo son unos despistados de no te menees». Rápidamente lees el contenido. En el texto se explica que la pistola no había sido bien clasificada entre los objetos del museo y que por eso había habido una terrible confusión. Pensaron que la habían robado, cuando solo se había extraviado. El director del museo aparecía en otra foto, listo para ponerse de rodillas y romper a llorar en cualquier momento.

—Está estupendo, qué pena que solo nosotros sepamos realmente lo que pasó, ¿verdad? Aunque, si lo contáramos, nos tomarían por locos.

—A mí me da igual —Gona soltó un guiño—. La vecina ya cree que lo estoy, así que me importa un bledo que lo crean unos cuantos miles de personas más.

Con esa sonrisa que le llena la cara, sentado en el sofá atestado de cosas, los pelos hechos una madeja y el pijama todo arrugado, tiene el aspecto más divertido y menos cuerdo del mundo.

—Ja, ja, ja, tienes razón —le dices—. Oye, quiero preguntarte una cosa que me tiene intrigado.

—Siempre me haces las mismas preguntas. Sí, no te preocupes, te quito la intriga, ayer, cuando llegué a casa, llamé a Pizzaexprés, lo mejor para el estrés, y me pedí una hawaiana, una barbacoa y otra de pimientos picantes, que no sé por qué las llaman *pizzas* gigantes, porque ni para un aperitivo...

—Que no, que no es eso. Cuando íbamos a regresar y yo me quedé con Cortocirtuitos en el establo, ¿qué hiciste? Aunque siempre tienes hambre, creo que esta vez no saliste

VOL. 3302
EARLY EDITION
THE SUND
El robo que no fue
O los del museo son unos despistados de no te menee

NO. 415721 MONDAY
TIMES

a buscar comida. Y el rato que estuviste fuera, no me parece que fuera el suficiente como para darte uno de tus atracones habituales.

Gona se te queda mirando durante unos segundos. Parece que tiene que tomar una importante decisión y que no le resulta fácil, se pasa la mano por la cabeza, arruga la frente y por fin se decide.

—Umm, está bien, a ti no te puedo mentir. Es una historia un poco larga. El caso es que..., en fin, para acabar con mi plan debía tenerte alejado un rato.

—¿Pero por qué? ¿Qué plan? ¿Por qué no me cuentas estas cosas? ¿No soy el Coyote o qué?

—Calma, que te pones algo bobo con lo del Coyote, ni que fuera para tanto.

—¡Sí que fue para tanto!

—Qué pesado —Gona pone cara de niño repelente y con voz aguda empieza a recitar—: ñi, ñi, ñi, soy el Coyote, di que sí, ñi, ñi, ñi, soy la monda tararí.

Está tan gracioso que te entra la risa. Nunca has podido estar enfadado con Gona más de tres segundos seguidos.

—Venga, cuéntamelo —dices cuando ya te has calmado un poco.

—Verás. Las aventuras hay que rematarlas bien. Eso es de primero del manual del aventurero. Y eso es lo que hice: volví a la sala secreta de juegos del *saloon*, recuerda que me había quedado con la llave, saqué el dinero del agujero y le di una buena propina a Willy el camarero, también dejé pagada una ronda de zarzaparrilla para los clientes, incluidos los de la timba de póker, las chicas y el pianista, y devolví la llave. Todavía quedaba bastante oro en la bolsa, así que me fui a ver al *sheriff*. Al principio no le gustó mucho que me presentara, pensó que me había arrepentido y que iba a quitarle el puesto. Enseguida le saqué de su error y le expliqué que el dinero era para que me hiciera un gran favor y que podía emplear lo que sobrara en lo que considerase más conveniente. Me dijo que iba a encargar unos barrotes nuevos, pues ya había pillado a John el Sacamuelas, Walker el Matavacas y Paul el Indio serrando los de la celda con una lima que alguien les había pasado metida en una barra de pan; yo le dije que el pan con tanto hierro puede ser algo indigesto...

—¡Vale, vale! —Gona, como siempre, se pone a explicar cosas y cosas sin ton ni son, pero esta vez estás muy nervioso para esperar—. ¿Cuál era ese favor? —preguntas intrigadísimo.

—Cómo te pones, chaval, encima de que te daba detalles pintorescos..., en fin, tú te los pierdes. Debía enviar un paquete a una dirección concreta. Concretamente a esta dirección, pero unos siglos más tarde.

—¿Qué dirección?

—Pues esta, cuál va a ser.

—¡Y yo qué sé cuál es esta!

—Pues esta, la mía, mi casa. ¡De verdad, más que el Coyote pareces el Koala, de lo empanado que estás!

—De acuerdo, tienes razón, sigamos. ¿Un paquete?

—¿Te acuerdas del paquete que llegó justo antes de que fuéramos al garaje a que conocieras a Cortocircuitos y empezara todo?

—Sí, me extrañó mucho que no lo abrieras antes de empezar nuestro viaje en el tiempo.

Gona respira profundamente.

—Es que ese paquete no es para mí. Lo tienes que abrir tú. Mira, ahí está, encima de la mesa del rincón, al lado de la lamparita.

Te estás poniendo cada vez más nervioso, te levantas y enseguida reconoces el envoltorio de color marrón que llevó el repartidor. Te acercas y lo coges con cuidado, pesa un poco.

—¡Venga, ábrelo!

Te tiemblan un poquito las manos y no aciertas a deshacer las cuerdas, parece un paquete de otros tiempos, sin cinta adhesiva, sin la dirección en rotulador... Al final te cansas y rompes el papel mientras Gona se pone a dar palmadas y botes en el sofá.

—¡Mira dentro! ¡Mira dentro!

El papel envolvía una caja, la abres y ¡¡¡sorpresa descomunal!!! Dentro, reluciente, envuelta en su funda de terciopelo, está la pistola con tu nombre de guerra grabado en la culata: *el Coyote*.

—¡Pero cómo es posible! ¡Cómo lo has hecho! Si nos la dejamos olvidada en el mostrador de la armería del señor Smith. —Las lágrimas se te saltan de la emoción, con las yemas de los dedos tocas el metal plateado.

—Porque soy el tío más listo del lejano Oeste y, si nos ponemos, del lejano Este también —contesta Gona entusiasmado—. Si te sientas, te lo explico. —Tú obedeces sin rechistar, todavía estás alucinando con ese revólver en tus manos—. Aunque pueda parecerte raro, tú has sido parte de mi magnífico plan para ver por qué narices dentro de unos días yo iba a robar el revólver del museo. Y para averiguarlo no tenía más remedio que viajar al pasado.

—¿Me estás diciendo que he sido una rata de laboratorio? —preguntas frunciendo el ceño.

Gona nota en tu rostro que no te ha hecho ni pizca de gracia.

—Sí y no. A ver, en realidad, tú y yo ya hicimos este viaje en otra línea del tiempo. —Con cada palabra flipas un poquito más—. Lo que pasa es que en aquella línea del tiempo escondí, sin querer, el revólver equivocado: el tuyo, el que tiene la firma de *el Coyote*. Al volver me di cuenta del error y por eso fui al museo a robar el revólver, ¡porque era tuyo! ¿Comprendes?

—Comprendo —afirmas.

—Por eso era necesario que volviéramos al lejano Oeste, ¡no te ibas a quedar sin tu revólver grabado y yo no iba a ir a la cárcel por ello!, ¿verdad? ¡Qué mal amigo sería si permitiera que un museo tuviera un arma que es tuya en vez de otra común! —contesta Gona muy digno.

Tú sigues sin caber en ti.

—Vale, vale, lo he entendido: tú y yo ya habíamos ido al pasado en otra línea del tiempo por algún misterioso motivo, te equivocaste a la hora de guardar el revólver y... Gona, ¿cómo narices has conseguido que llegue sano y salvo hasta aquí, hasta el siglo XXI?

Tu amigo sonríe y se aclara la voz antes de empezar con su discurso.

—Si te acuerdas, te dije que fueras delante, así que, como eres un despistado de tomo y lomo, sin que te enteraras, cogí tu revólver, como eres además un llorica y te emocionaste, mientras te secabas las lágrimas lo puse junto con el mío enganchado a mi cinturón. ¡No te diste cuenta de nada! Y yo tengo muchísimo mérito, no veas lo difícil que es

el Coyote

andar, correr y saltar con dos revólveres ahí metidos. Después entregué tu arma al *sheriff* junto con todo el dinero que habíamos logrado como compensación por guardarlo y enviárnoslo a esta dirección un par de siglos más tarde. Imagínate, el tataratataratataranieto del *sheriff* es quien ha mandado tu regalito. —Sonríes con emoción—. Lo del otro revólver fue coser y cantar: colocarlo en el sitio adecuado y punto, ¡aunque casi me equivoco y entierro al pie del cactus de piedra el arma que no era! ¿Te imaginas? Ja, ja, ja, la cara de los del museo habría sido para partirse de risa.

—No tengo palabras.

—Pues eso sí que es raro, porque no callas.

—No, hombre, quiero decir que esto no me lo esperaba, que ha sido un detallazo enorme.

—Es lo justo, en el asalto al tren demostraste ser el más rápido y, además, tienes el récord en el videojuego. Esa pistola te pertenece.

La coges con cuidado, miras el cargador y suspiras con alivio. No está cargada ni se ven en la caja balas. Después de la aventura, las únicas balas que quieres ver son las de las pistolas virtuales. Te la pones entre la barriga y el cinturón y te lanzas encima de Gona a darle collejas. Él se defiende haciéndote cosquillas y así, hechos un revoltijo de risas piernas y brazos, caéis del sofá y quedáis tendidos en el suelo.

Allí, con los ojos cerrados, te viene un pensamiento a la cabeza: y la próxima aventura ¿cuándo y a dónde será?